「ライフで受けてライフで殴る」これぞ の必勝法2

"Life de ukete Life de naguru" korezo watashi no hisshouhou.

こまるん

illustrator 福きつね

TOブックス

ife de ukete
e de naguru”
o watashi no
hisshouhou.

イラスト：福きつね
デザイン：木村デザインラボ

ユキ

本作の主人公。思い付きから始めたHP極振りと【GAMAN】の組み合わせにより、怒涛の快進撃を見せている。特殊職【聖女】を得るも、ノリと勢いとすべてをライフで解決しようとする脳筋ぶりから“凄女”、“歩く災害”などと呼ばれている。

カナ

ユキの親友であり、ユキが「Infinite Creation」を始めるきっかけを作った張本人。魔法攻撃力に特化したプレイスタイルであり、敵を豪火で焼き尽くす姿から“魔王”と呼ばれる。ちなみに多数の視聴者を抱えるトップクラスの配信者でもある。

Characters

グレゴール

現地人（NPC）の一人。聖都・ドゥーパの神殿を拠点にする銀髪碧眼の聖騎士で聖銀騎士団の団長でもある。真面目で堅物な性格をしているが、打ち解けた相手にはそれなりに気を許した振る舞いをすることも。

ミランダ

現地人（NPC）の一人。始まりの町アジーンでポーション屋を営んでいるおばあちゃん。異様に高精度のポーションを作ったり、聖女についてやたら詳しかったりとその正体は謎に包まれている。

第一章　猛き聖女は装備を整えたい

第二の街、聖都ドゥーバ。

アジーンでの一連の出来事から落ち着いた私は、転移装置を使ってここへ来ていた。

それにしても、今更ながら実感が湧いてくる。初めて会った時はいつになるかと思ったけれど、まさかこうも早くにキングボアへのリベンジを達成できるとは。

ＨＰもしっかり五桁に乗っているし、私のインクリライフは順調この上ないって感じだね。

えーっと、カナはどこかな……

「ユーキッ！」

「わっ」

いきなり後ろから飛びつかれて、思わず倒れ込みそうになった。

犯人が誰かは、言うまでもないだろう。そっと引っぺがす。

「あーーん殺生な。冷たいなぁ」

「いきなり来られる身にもなって。こちとらＳＴＲ０なんだよ」

「ウチも０やから問題ないな！」

「受ける側と奇襲する側は違うんですー！」

『相変わらず賑やかで草』

『ホントに仲良いよね』

『自然体な距離感好き』

『まさにツーカー』


「んーせやろ？　仲良いなんてもんちゃうからな。刎頸《ふんけい》の交わりってやつや」

どうやら、カナの方のコメントも似た感じみたいだね。

まるでこっちのコメントが見えているかのよう。

「まーたゲームか何かで覚えた言葉を」

「なっ⁉　なんでバレたんや」

「現代でそうそう聞く言葉じゃないって。最近は中国の戦国時代がブームなんだね。漫画？」

「うぐ……正解や。めっちゃおもろいのがあんねん」

ふむ。今のブームは三国時代じゃなくて戦国なんだね。ちょっと興味深い。

そういえば、図書館の話題書のところ。あそこにそういうのがあったような？

「へぇ。今度探してみる。で、それはそれとして……」

「あ、ユキ」

「ん？」

「リベンジ達成、おめでとさん」

にっと笑うカナ。私も、思わず顔がほころんだ。

「……ん。ありがと」

『てぇてぇ』

『満面の笑みですわ』

『カメラさんいい仕事するw』

『カメラwww』

『完全にアニメのワンシーンじゃん』


「……さて、と。今日はどうするんや？」

「んー……特に決めてないんだよね。やりたいことある？」

「んー特にないなぁ……せや。ワールドクエスト関連もあるし、東のほう行ってみいひんか？」

ワールドクエスト関連……。ああ、ゴブリンを減らした数によって楽になるとかいうアレか。

確かに、やっておいて損は無いかも。

「おっけー。適当にゴブリン狩れば良いのかなぁ」

「わからんけど、行けるだけ突き進んだらええんちゃう？」

「そっか、それもそうだね。行くかー」

目標が決まったので、何となく東門へ向けて歩き出す。

道すがらの話題は、勿論あのこと。

「あ、カナ。一つ聞きたいことがあるんだけど」

「ん、なんや？」

「装備の……って、いつの間にかすっごい変わってる!?」

ふとカナを観ると、今更ながら装備が最初とまるっきり違うものになっていることに気がついた。

漆黒の長杖を携え、全身を包むのは黒と赤を基調としたローブ。

「ふふーん。気付くのが遅いっ」

誇らしげな顔で、くるりと回ってみせるカナ。

赤い宝玉のようなものが付いた杖を握り締めているのを見る感じ、かなりお気に入りなんだろうなぁ。

「凄いね。カッコイイ」

「せやろー？」

『カッコイイな』

『デザインがいい』

『より魔王様になってて草なんだが』

『わかるｗｗ』

『装備までそっちの路線かｗｗ』

『因《ちな》みに、結構初期のころからこの見た目やぞ（』

『形が肝心って言って割と最初からこのテイストで着てたよねｗ』

あ、あれ？　そうだっけ。

スライムの時はまだ村娘……いや、あの時からすでに魔法使い用の装備ではあったか。

でも、こんなにキマってたっけ？

まあいいや。タイミングは思い出せないけど、どこかのタイミングでいまの魔女っ娘衣装にチェンジしていたってことだろう。

「まー、衣類関係はまだまだ見た目だけの間に合わせってところやけどな。本命は、もっと素材が集まってからや」

「ほぇぇ。まだまだ満足してないんだね」

「とーぜんや！　それで？　ユキが気になってんのはこれの手に入れ方……というより、装備の整え方やんな」

こくこくと頷いた私に、推測も一部混ざっていると前置きながらもカナは色々と教えてくれた。

まず、装備の入手方法は大きく分けて四つ。


一つ目が、現地人のお店から買う方法。

この世界では、現地人も当然のように生活し、人によっては生産を行っている。

そういった人から装備を買い求めるのも、一つの手だ。

二つ目、売店。

最低限のポーションや武器防具、消耗品の類など。これらを求めるプレイヤーが一斉に集まって混んでしまう事態を防ぐため、冒険者ギルドの前には無人の販売機が置かれているらしい。

そこはウィンドウ操作のみで購入が出来るので、有人の店に行くのはまだ怖いという人にも良いのだとか。

まあ、カナに言わせれば『こんなもん人が売るほうが圧倒的にええもんになるに決まってるんやから、今から売店に逃げるくらいなら頑張って馴染みの店開拓した方がええ。人付き合いってもんは大事や』だそうだが。

三つ目、プレイヤーメイド。

このゲームの遊び方は、人それぞれ。中には装備やアイテムを作るスペシャリスト……いわゆる、生産職と呼ばれる人が存在する。

流石に、今はまだ初期も初期なのでそこまで秀でた人はいない。けれど、最終的には現地人の職人か生産職プレイヤーに依頼をし装備を作ってもらう流れが当然となる……らしい。

「そして最後が……それや」

びしっと、指をさすカナ。

え、私？

「今身につけとるやろ？　ユニークアイテム。これは割と推測も含むというか、公式アナウンスだけで裏付けがない情報も込みなんやけど」

ダンジョンの初踏破報酬や、一部ボスの初討伐報酬など、いわゆる『達成者』への御褒美的な感覚でユニークアイテムが用意されている。

これらは、その段階にしては一際強力な性能を誇る代わりに一点限りの譲渡不可であるため、まさに最初に成し遂げた者への報酬とでも言うべきもの。

なお、ユニークアイテムが出た後は、低確率でこそあるものの劣化品が落ちるようになる。こちらは一段性能が落ちる代わりに誰でも入手でき、譲渡も可能になるらしい。

「ふーーん。なるほどねぇ。そう言えば、初討伐報酬って言ってたね」

なんだかんだ装備している指輪を見る。

金のリングに付けられた赤い宝石がキラリと光った。

「ん？　その指輪って確か……」

「うぐっ。そうだよ！　効果ないよ！　でも折角だし着けておきたいじゃん」

『ｗｗｗ』

『かわいいかよｗｗ』

『折角のユニークアクセだもんなｗ』

『なお、効果量』

『0に何掛けても0です』

『ダメだツボったｗｗｗｗｗ』

『健気だｗ』

効果は無いとはいえ、せっかく初めて貰った装備だもん。

枠を圧迫するまでは着けておいたっていいでしょ！

「気持ちはわからんでもないが……かわええなぁユキは」

にまにまと笑うカナ。ふいっと顔を背けてやった。

カメラドローンがふよふよと周りを飛んでいる。

「あ。そーいえば」

東門を越えて、フィールドへ。

不意に、カナが呟いた。

「ん？」

「今日こっち来る途中な、なかなかおもろい子と出会ったで」

「へぇ」

「S2の道中で出会ってな。真っ直ぐで好感持てる子やったわ。これからエリアボスにリベンジするところやー言うてな」

「カナがそう言うって珍しいね。その言い方からすると、ソロってこと？」

「そうそう。しかもおもろいんが、私らより小柄な体で、こーーんなでっかいハンマー携《たずさ》えてな。ぶんぶん振り回して、敵を倒していくんや。なかなか爽快やったで」

両手を広げて見せるカナ。

え、いや、そのサイズのハンマーって、それ持てるかどうかすら怪しくない？　しかも、私より小柄で？

「ふふっ。気になるって顔やな。大丈夫や。ウチの見立てが確かなら、あの子は直ぐに駆け上がってくるで。案外、明日にでも再会したりしてな」

「へぇー。カナが言うなら、間違いなさそう。楽しみだね」

親友は大きく頷く。

ふーん。巨大ハンマーを振り回す女の子……。

ふふっ。なんか絵面想像したら笑えてきちゃった。

今更だけど。私はまだ、この世界でカナ以外のプレイヤーと全く交流をしていない。

なんだろう。根拠はないけど、きっと良い出会いが近いうちに起こる。

そんな気がした。

さてさて。ドゥーバ東門を抜けた私たちは、どんどんと奥へ進む。

手前のエリアに居るのは、群れているとはいえ弱めのゴブリンたち。私たちにかかれば、討伐は余裕だ。

「どっちが行く?」

「んー。私がやるー」

了解。と答えたカナが、二歩下がる。

ふふ。後ろに控える姿もカッコイイ。新装備補正かな?

「それじゃー、張り切って行きますよぉ」

充填をしながら、一歩前に出る。

七秒ほどチャージをして……発射！

「ひゅー。流石の威力」

「凄いでしょ。しっかり攻撃もできるようになってきたんだよ」

「すごいって言うか、その火力で異次元の耐久力もあるって。もはやどうやれば勝てんのって感じや」

「ふむ。でも？　本音は？」

「んー。今ならまだ、カウンターの隙も無く燃やし尽くせる自信あるな」

「あはは。だよね。まだまだ足りないかぁ」

『は⁇』

『なんなのこの会話』

『世界が違いすぎる』

『ユキ攻略法「最大ＨＰを越えるダメージを一気に与える」』

『それはそうだがｗ』

『いやでも可能って知れただけでも（』

『魔王様マジ魔王様』

私も強くなっているつもりではあったけれど、カナはその上を行く。

親友の隣に並び立つには、どれくらいの成長速度が必要なんだろうか。

普通なら虚勢を疑うかもしれないけれども、彼女に関してはそれは無い。

そんなことを考えながらも、目に付くゴブリンの群れを片っ端から薙ぎ払っていく。

レベルは上がらないものの、けっこう奥の方まで来たんじゃないだろうか。

密度が増えてきたので、交互に敵を屠《ほふ》り始めた。

「……ほんと、聖女って、なんやろな」

『わかる』

『それな』

『最前線で壁になる』

『前でビーム撃つ』

『殴ると天罰が来る』

『魔法は使えない』

『うーんw』

思わずと言った様子でカナが呟くと、にわかにコメント欄が活気づいた。

聖女とはなにか。うーん。

「で、でもさ。傷付くことも厭《いと》わず、味方に被害が出るのを抑えに行ってるんだよ。聖女っぽくない？」

『傷付くことも厭わず（自傷）』

『被害を抑える（予《あらかじ》め敵を潰す）』

『積極的防衛がすぎる』

『自分の命削ってやってる事が最前線でのビームなんだよな』

『うーんこれは凄女』


「まー、まさにコンセプト通りにＬｉｆｅで殴ってるわな。受ける機会は激減してる気がするけど」

腕を組んだ姿勢で、うんうんと頷くカナ。

失敬な。相手が強い時は、ちゃんと受けてもいるもん！

「あ、ところで凄女サマ」

「どことなく聖女の言い方に含みがあったの私は聞き逃さなかったよ？　絶対ちがう字で書くほうで呼んだでしょ今」

じとーっとカナを睨む。

親友は、からからと笑うだけだった。

「はっはっは。それで、新しいスキルとやらは使ってみたん？」

「まだ！　回数制限あるから二の足踏んでた」

「あー。制限あると、妙に使いづらい気持ちはわかるかもなぁ」

「そうそう。つい温存し続けちゃうの」

数の限られるアイテムを残しすぎて結局使わないの、あるあるだと思うんだ。

逆に、カナはそう言いつつもすっぱり割り切ってガンガン使っちゃうタイプだったかな。

「えーっとそれじゃあ、次の機会で使ってみるね？」

「お、りょーかいや」

えーっと。どんなスキルだったかな。一度確認しておこうか。

技能：王者の咆哮《ほうこう》
効果：自身の咆哮に、どちらかの特殊な効果を付与する。
①敵性存在に対し、高確率の威圧、恐慌と低確率の即死を与える。対象との距離が離れるほど効果は減少し、また対象が自身より低レベルであるほど効果は著しく上昇する。格上には効果が無い。
②不可視の衝撃波を放つ。威力は自身の最大ＨＰの５％。防御貫通効果を持つが、与ダメージ上昇の効果を受けない。
【使用回数５／５】※ＡＭ０時にリセット

【王者の咆哮】。要するにアレだよね。ぶもーー！　って鳴いてたやつ。

やけに恐怖感を煽ってくると思ったら、そういうスキルだったわけだ。

叫んだ瞬間に吹き飛ばされる時とそうでない時があったのも、この効果を見るとなるほどって感じがする。


『【速報】凄女サマ、遂にデバフまで覚える』

『硬い奴にデバフ持たせてはいけないとあれほど……！』

『歩く厄災度合いが進化してて草なんだよな』

『これダメージの方も結構えぐない？』

『貫通４００ダメージ』

『後衛吹っ飛ぶんですがそれは』

『凄女サマに持たせたらアカンスキルだった』

『腐るスキルもあれば化けるスキルもあって面白いなぁｗ』

『わかるｗ』


コメントにもあった通り、私はやたらと腐るスキルと化けるスキルの差が激しい。

極振りの影響なのはわかるんだけどね……！

「あ、そこになかなか強そうなんおるで」

カナが指をさす先には、ゴブリンの群れ。

ゴブリンウォーリアを中心として、ゴブリンファイターとゴブリンたちが周囲を固めている。

こちらに気付いた彼らは、ゆっくりと歩み始めた。

「ほんとだ。えーっと。デバフ？　威圧とか与える方を撃ってみるね」

「おっけー。焼き払うのは任せてや」

にっと笑ってグッドサイン。

えへへ。頼もしいね。

「えーっと……どうやって使うんだっけ」

今更だけど、このゲームにおける技能の発動方法は簡単。

『発動の意思を持って』『技能名を発しながら』『対応する動きをする』の三拍子。

ただ、このスキルは特殊で、発動に技能名が要らない。その代わりにしっかりと咆哮しないといけないらしい……咆哮？


待った。咆哮ってどんな感じだ。

うおわーーー！　って叫べば良いのか。


思い出されるのは、実際に使っていたキングボアの姿。

貫禄ある姿から放たれる咆哮は、正に野獣の王といっても過言ではなかった。

流石にぶもーはアレだけど、イメージはそんな感じか。

野生味を意識。呑み込んでやるくらいの気概を持って……！

「すぅー……。『がおーーー！！』」

大きく息を吸って、目を瞑《つむ》るほどに全力で咆哮。

思わず握り込んでいた拳を解きながら、瞼《まぶた》を開く。

バッチリと効果は発動したらしい。

完全に動きが止まったゴブリンたち。そこに一瞬遅れて、天まで昇るほどの火炎が上がった。

「やったね！　大成功……！」

喜びをあらわに、振り返る。

どこか笑いをこらえている様子のカナに、あれ？　と首を傾げた。

「……ふ、ふふっ。ユキ、無自覚？」

「え、なにが？」

「い、いや、『がおー』って」

「……ッ!!」

へ、変なことを意識しすぎたらしい。

ついに決壊したらしいカナが、大笑いを始める。

顔が一気に熱くなった。

その後しばらくコメントでも弄られ続け、不貞腐れたように歩き始める。

「なーなー、ユキ？」

「なに」

「……がおーっ」

「っ！　ばか！」

ニヤけ顔を隠しもしないカナに背を向けたまま、歩みを速める。

ふよふよと追従してくるカメラが、今はちょっとだけ厄介だった。


その後、それなりに奥地に行った私たち。

いくつかの手強そうなゴブリンの群れを蹴散らした後は、例の砦に向かった。

正面の門を中心に、ぽっかりと巨大な穴が開いている前線基地を見て、カナはこれまた大笑い。

それから、微妙に修繕の入っていた箇所も合わせて、彼女お得意の火魔法で完全に焼き払った。

これで、この砦を侵攻に使うことはできないだろう。

満足げに頷いたカナと共に、帰路についた。


街に戻った私たちは、なんとなーくドゥーバのなかをうろつく。

なんだかんだで、まだ一回もまともに見回ってなかったしね。

巡っていて思ったことだけど、北部は建物の数がとても多い。

大小様々、色々な外観の建造物が並んでいる姿に、思わず感嘆の声が漏れた。

ただの住宅街にしては、かなりの違和感。

私にはよく分からなかったが、どうやらカナには推測がつくらしい。教えてくれなかったけど！

街の南側には、大きなお城がある。聖都だもんね。

勿論、今日のところは遠目に眺めるだけでその場を去った。

いつか、ここにも入ることが有るんだろうか。

他に特筆すべきことといえば、西門近くに巨大な闘技場があった。

闘技大会とかも、いつかは開かれるのかもしれないね。


さて。色々と街を見て回った私達は、良い時間だったのでログアウトすることになった。

午後も一緒に遊ぶ奏との再集合は、十四時にアジーン噴水前！

◇◇◇◇◇◇◇

……ということで、時刻は十三時五十分。

第一の街アジーンの噴水広場に、私はいる。

そろそろ来る頃かな。

背後を警戒しながらもきょろきょろとしていると、正面から悠々と歩いてくる親友の姿が見えた。

「お待たせ。いこーか」

「ん」

カナの先導で歩き始める。

因みになんだけど、今はカメラドローンを飛ばしていない。

「んー……なんか、違和感」

「ん？」

「いやーなんというか、配信せずにゲームするのが新鮮だなって」

「あー。この五日間ほとんど配信しかしてなかったもんな。早くもそっちに馴染んだかぁ」

「あはは。そうみたい。よく考えたら、このゲームを配信なしで遊ぶの初めてだ」

「あー。せやねぇ。思った以上に向いとったみたいでなによりや」

のんびりと話しながら、目的の場所へと歩く。

いま向かっているのは、とある人物が経営するお店。

お昼の間にアポを取ったところ、配信無しという条件ならば今日訪ねても問題ないらしい。

カナの一式装備も作り上げた方だそうで、会うのがとっても楽しみだ。


しばらく街外れの方に歩いていくと、大きな庭を持つ建物が見えてきた。

緑豊かな庭園に囲まれた、一件のお店。街中にこんな所があるんだね。

「……わぁ」

「はっは。なかなか凄いところやろ？　庭の手入れも趣味なんやって。まぁ、いくらβから資金の一部持ち越しがあって早めに店を構えられたとはいえ、そっちの方はまだまだこれかららしいけどな」

「へーー。自家店舗に庭造り……。ただ冒険するだけがこのゲームじゃないってことなんだね」

「そーいうことやな。ごめんくださーい」

入口に立ったカナが、大きな声で呼びかける。

はいはーいという声とともに、ぱたぱたと女性が駆けてきた。

「いらっしゃい。待っていたわ」

「どーも。突然やったのにすみません」

「良いのよ。ちょうど暇だったし。それで、そちらが噂の？」

「ユキです！　はじめまして」

こちらに意識が向けられたので、挨拶。

ふわりとした緑色の髪を肩までのばした、蒼い瞳の女性。

柔らかで、穏やかそうな雰囲気の美人さんだ。


中に通され、テーブルに三人向かい合うようにして座る。

「はじめまして。フレイよ。このゲームでは裁縫関係をメインにしているわ」

「え、えーと私は……聖女？　やってます」

「勿論知っているわよ。凄女サマ……でしょ？」

「はい…………ん？　今なんかちょっと違ったような気がするんですけど」

具体的にはイントネーション。

ついでに、含み笑いのようなものを感じた。

「うふふ。気のせいよ」

「むー……まあ、いいですけど」

ジト目を向けるも、余裕の笑みで受け流されてしまった。

初対面にして力関係がわかってしまうような流れに、思わず苦笑い。

「ほら、そのへんで堪忍したってや」

「ごめんなさいね、ユキちゃん。実は私も配信観てるのよ」

「……えっ」

悪戯っぽく笑うフレイさん。

ぎくしゃくとした動きで、私はカナに追及の目を向ける。

「たはは。ウチが紹介してからハマったみたいでな」

「作業しながらとかよく観てるわ。可愛くて癒されるのよね」

「え、あの、その」

「わかりますわー。ユキって変なところで天然入るんよね」

「ふふふ。今朝のアレなんて、最高だったわね」

「っ!!」

顔が熱くなっていくのを感じる。

二人は顔を見合わせると、こちらに向かってニヤリと笑った。

「「がおーー」」

「あああうああ…………!!」

満面の笑みでの、一撃。

声にならない叫びをあげて机に突っ伏してしまった私は、きっと悪くないと思うんだ。

◇◇◇◇◇◇◇◇

「……なるほど。ユキちゃんの装備を作れば良いのね？」

「ええ。流石にずっと初期装備なのもアレかなーって思いまして。いつの間にか、カナの装備すんごくかっこよくなってますし」

数分後。ようやく再起動を果たした私は、商談に臨んでいた。

相手はもちろん、フレイさん。

「ふふ。カナちゃんのはイメージにバッチリ合わせられた自信があるから、そう言ってもらえると嬉しいわ。まだまだ見た目だけなのは残念だけれど。そうね……どういうコンセプトが良い？」

「えーっと……大人しめの服……かな。魔法使いとかが着てるようなゆったりした感じのやつ、私も着てみたい。デザイン面は、お任せで！　できれば派手じゃないほうがありがたいですっ」

「なるほど。デザインはおまかせってことで私なりのユキちゃんのイメージに合わせて……うん。作れそうね。全身鎧に分類されるローブになると思うけど、良いかしら？」

「はいっ！」

「了解。性能としては、できる限りＨＰ補正にって感じで良いのよね？　ＭＰを多少補うことも可能ではあるけれど」

うっ。ＭＰ盛ることも出来るのか。それはちょっと、最近の私にはなかなかの誘惑……

いや、ここはしっかりと初志貫徹で行こう。ライフこそ至高。例えどれだけ非効率であっても、ＨＰを極限まで高めていくんだっ！

「できる範囲で構わないので、ＨＰ特化でお願いします！　ライフで受けて、ライフで殴るのがコンセプトなので……！」

「いや。前々から思ってたんやけど、ライフは殴るもんじゃないからな？」

外野からなんか飛んできたけど、無視だ無視。

それこそ今更ってものだろう。

「ふふ。わかったわ。それじゃあ、すぐに見積もりを出すから。ちょっと待っていてもらえるかしら」

「はいっ！」

少し待って出された見積もりは、なかなかに高額なものだった。

けれど、プレイヤーメイドってのは、えてして値段が跳ね上がるもので。カナ曰く、これでもとんでもなく安いらしい。

そっとお伺いを立ててみたところ、からかいすぎたからお詫び……とのことだった。

うぐぐ。やっぱりこの人には勝てる気がしないや。

持ち込みの素材や、別途売却するドロップ品の諸々の計算を終えて。

最終的な費用が算出されたところで、私たちはお暇《いとま》させてもらった。

それじゃー、サクッと必要素材を集めちゃおう！

◇◇◇◇◇◇◇◇

さてさて。いきなりだが、私はいま、巨大な森を目の前にしている。

始まりの街アジーン近くの平原を西に抜けた、Ｗ２エリア。

敵の厄介さから人気は無いものの、貴重な糸や森ならではの素材が豊富にあるため需要は今のところ尽きない……らしい。

今日ここに来た理由はもちろん、装備作成のための素材集め。

カナは居ないよ。フレイさんのお店の前で解散したから。


あ、十五時になったね。配信開始予告時間。

ぽちぽちっと画面を操作して、カメラドローンを呼び出す。

「はいはいこんにちは～ユキだよ」

『こん』

『わこ』

『わこつー』

『こんゆき』

『待ってた』

『がおつー』

『わこー』

『こんちゃー』


「わーみんな今日も沢山ありが……っ！」

配信を開始すると同時に、溢れるたくさんの挨拶。

いつも温かくなるそれは、今日に限っては私の表情を凍らせた。


『こんー』

『いや草』

『おいいま天才がいたぞw』

『神か？』

『俺たちも続け!!』

『がおつー』

『がおつー』

『がおつー』


「うあ」

『ｗｗｗｗ』

『がおっー！』

『がおっ！』

『がおっー』

『がおっーー』


「うあああ！！！」

今の私は、顔をリンゴのように真っ赤にしているのだろう。

流れるコメントの一つ一つが、私の精神《ライフ》を削っていく。


『もはやトラウマみたいになってて草』

『ユキちゃん発狂するの巻』

『がおーからは逃れられない』

『もうこれ挨拶固定で良いのでは？』


「……ちょっと待った皆マジで言ってる？」

『大マジ』

『ユキのチャンネルって固定の挨拶ないし』

『ちょうど良いのでは？』

『名案』

『配信開始時のコメントはがおつーに決定で』


「いやダメだって‼　配信する度に私に死ねと仰る⁉」

『恥ずか死』

『それもまた可愛い』

『いいんじゃない？』

『賛成だわ』

『よし決まりだ』

『恨むなら咆哮事故した自分を恨んで』

『咆哮事故ｗ』

『なるほど放送事故かｗｗｗ』

『それは天才ｗ』


「ぐぬうう許さないからねぇ！」

配信者によっては開始の挨拶が決まっているというのは、私も流石に知っている。

だが、開始早々にがおーの連打を浴びるのは流石に酷すぎやしないだろうか。

「……非常に、ひっっじょうに不本意だけど、いつまでも騒いでられないのでやることやるよ」

このままでは、いつまで経っても装備の素材集めが始まらない。

話の流れから逃げようとしたわけじゃないからね！


『お』

『そーいえば、ここどこ？』

『森じゃん』

『W2か』

『こんなとこもあるのか』

「そうなんだよーいろいろな場所があるよねぇ……まぁ、私も今日はじめて知ったんだけど」

『草』

『そうなんやw』

『難度高いけど素材ドロップ美味しいんだっけ』

『例によって、まだ稼げる人全然いないやつ』

「今日もらった説明も、そんな感じだったかな。えーっと、そういうわけで、今日の目的は装備の素材集めです」

『おお』

『ついにか』

『素材集め大事』

『ローブ系か』


「そうそう。出来ればボスドロップの糸が沢山欲しいんだって」

『ボス……!?』

『いや無理だろ』

『W2エリアボス討伐者いたっけ』

『二グループくらいは情報あげてたはず』

『情報はご存じ？』


ただ話しているだけなのもアレなので、適当に森を歩きながらコメントを拾っていく。

話題はエリアボスのことになってきたね。

「んーまぁそこそこ？　デフォルメされているとはいえ、でっかい蜘蛛ってことと……ああ、拘束がかなりキツイってくらいかな」

『嫌いな人は嫌いかもなぁ』

『見た目はマシだけど動きがね』

『デカいのが罪すぎる』
『ところで拘束対策はしてるんです？』
『あれ実質、ひとり常に欠けて戦闘するようなもんだよな』
『ほんとそれすぎる』
お、魔物が出てきたね。中型の蜘蛛みたいなやつと……これは蜂か。
うぇぇ。やだなぁこのマップ。

名前：スパイダー
LV：12
状態：平常

名前：キラービー
LV：10
状態：平常

「【充填】…………………【発射】っと。えっとねー。ボス対策は一応考えてあるよ。予備案があるわけじゃないから、それで駄目なら詰むけど」

『うーんｗ』

『潔い』

『ソロで勝算あるだけ意味不明だけどな』

『捕らえられてどうやって勝つの……？』

『あまりいい予感がしないｗ』

『絶対脳筋ダゾ』

『わかるｗ』


襲い来る魔物を、適当に打ち払っていく。

うん、流石にまぁレベル差もあるしサクサクだね。

この辺りで取れるドロップも必要らしいから、しっかりと倒して行かないと。

「あはは。脳筋は否定出来ないかも。まあ、上手くいくにせよ駄目にせよ、サクっと片は付くと思うから。気楽に見てほしいかな」

『ういー』

『頑張れ』

『サクっと終わらせられるボス君』
『エリアボスの扱いがひでぇ』
『大体ユキのキャラビルドが悪いｗ』

んー、伊達に森の名を冠していないって感じ。視界が悪い。
まあでも、厄介って聞いていた割には、大して苦戦もしなそうかな？
このままボスもあっさり行けると良いんだけども。

「ライフで殴るかライフで受けるか。シンプルで良かろ？」
『それでなぜ通じたのか』
『完全に片手間でＷ２踏破してるの笑うんだよな』
『格下エリアでユキが詰まる要素無い（ＨＰ的に）』
『格上潰しまくってるくらいだもんな』
『デバフはどうなの？』

「え、うーん………どれもこれも全部体力で受けちゃおうの精神」
『いや草』
『それは流石にｗｗ』
『実際デバフ入れても、削りきれる火力がないと受けられる模様』

『まおーさま呼んできて』
言われてみれば、妨害系に私は弱いのか。麻痺とか。
あるか分かんないけど、スキル封印とかされたらもう置物になっちゃうね。
そのあたりの対策も、おいおい出来れば良いなぁ。

そうこうしているうちに、ボスゲートのところまでたどり着いた。
「さーてじゃあ久々のエリアボス戦……の前に、ステータスでも確認しとこうか」

名前：ユキ
職業：聖女
レベル：30
HP：6793
MP：0

『何度見てもえぐいw』
『世界がおかしい』

『これ余裕でボスより高いでしょ』

「そう、そうなんだよね！　キングスライム戦での経験を踏まえると、私の方が二倍近くあるんじゃないかな。だからこその、小細工ナシ真っ向勝負よ」

『うーん』

『対策とは』

『予想以上に脳筋だった』

「まあまあ、見てなって！」

よーするに、【ＧＡＭＡＮ】さえ使っちゃえば勝てる可能性も高いでしょ！

拘束？　無視して解放すればオーケー‼

◇◇◇◇◇◇◇◇

ボスエリアは、だだっ広い平原だった。

なるほど。森じゃないのね。

十メートルほど離れたところには、巨大な蜘蛛。

うーん。確かにデフォルメされてマシになっているとはいえ、威圧感がひどいね。

即座に【ＧＡＭＡＮ】。

これの解放さえしちゃえば、私が負けることは無い……はず。

名前：ジャイアントスパイダー
LV：15
状態：平常

レベル15。やっぱり、エリアの位置関係的にもキングスライムと同等かちょっと上くらいかな。
なら、予定通り。

奴がジリジリと寄ってくる。
瞬間、強い悪寒に襲われた。
本能のままに横っ飛び。
私が居た場所に、猛烈な勢いで糸が吹き掛けられる。
一瞬、回避できたかに見えた。
しかしその糸は、私が避けるのを分かっていたかのように追尾。
再度の回避行動をとる暇もなく、身体に糸がかかる。

その瞬間だった。グンと身体が引っ張られ、私の体が宙を舞う。

「っ、きゃぁぁ⁉」

ジャイアントスパイダーの元に引き寄せられたと気付いた時には、私は全身を糸で囚《とら》われていた。

繭《まゆ》のようなものに閉じ込められているようで、何も見えない。

全身に巻きついた糸が、私を締めあげる。

「っ」

もがこうにも、指ひとつ動かせない。

意識を向けて確認したステータス画面には、麻痺毒の状態異常。

そして締め付けの効果なのか、毎秒1％ほどＨＰが減っていた。

こ、これはダメそう。

駄目元で『解放』しようとするも、うんともすんとも言わない。

そもそもスキル自体がキャンセルされているのか、単純に行動不能なのか。


突然、身体になにかが突き立てられた。鋭い痛みとともに、状態異常の欄に猛毒が追加される。

くっ。油断、したっ！

抵抗も許されず、みるみるうちに減少していくＨＰ。

結局、私は何もさせてもらえないままジャイアントスパイダーに敗北を喫することとなった。

◇◇◇◇◇◇◇◇

「駄目だった‼」

『いや草』

『そりゃそうだろｗｗ』

『寧ろどうしてＧＡＭＡＮで行けると思った』


「いやー……あはは。なんとなく、束縛くらいならごり押せないかなって」

『脳筋』

『皆の予感当たってたｗ』

『勝てるわけないんだよなぁ』

『それで、これはどこに向かってるんですかね⁇』


「え？　それはもちろんエリアボスだよ」

『草』

『おいステータス半減だぞｗｗｗ』

『デスペナを無視する女』

『ステ半減でボスに挑む女』

『もうこれ意味わかんねぇな』


「や、やだなぁ。流石に勝ちきれるとは思ってないよ。偵察偵察」

『普通は半分じゃ偵察にもならないんだよなぁ』

『しかし実際3500あれば充分という現実』

『殆《ほとん》どのタンク2000もないでしょ。知らんけど（）』

『偵察ってなに探るつもりなんですかねぇ』


「ごり押せるかどうか！」

『草』

『もうダメだこの子』

『はいはい皆さん撤収のお時間ですよー』

『笑うんだよなぁ』

『だれか凄女サマを止めてください』

『俺たちに止められるものなら、とっくに止まってる』

◇◇◇◇◇◇

「……というわけで、二敗した」

『ｗｗｗ』

『という訳でじゃないんだよなぁ』

『一体何を得たのか』

『ちょっとは攻撃できてよかったね』


勢いのままに二度目の挑戦をした私は、当然というべきかボコボコにされた。

やったことと言えば、開幕充填からの糸が来る瞬間にビーム撃ったってだけだから、これで勝てちゃっても困るわけだけど。


とりあえず反省会&作戦会議をしながら、またボスゲートへと向かう。


「ちゃんと得たものはあったよ。開幕で確定行動っぽい糸吐きまでは十秒ほど。吐かれちゃうともう囚われて詰んじゃう。相手のＨＰは３０００行かないくらいかな」

『……』

『……』

『あ、うん。そうだね』

『ユキがちゃんと分析してるからってお前ら固まるなｗ』

『俺たちの凄女を返せ』

『ひどい言われようだなｗｗ』

『日頃の行い』

『そもそも大した分析でもない件』

『↑それなｗ』


「まーた好き放題言ってるし！　えっとそれでね、四十秒くらいチャージさえできればまず勝てそうなんだけど」

『糸が来る、と』

『来たら詰むもんなぁ』

『だからソロ向けじゃないと』

『モーション入った瞬間のスタンやノックバックで止められるって聞いたけど』


「スタン？　あーそういう止め方があるのか！　んーでも、ビームじゃ間に合わないんだよね。なんとなく来る予兆は分かるんだけどなぁ」

『さらっとバケモノ発言しないで』

『前々から思ってたけど先読み異常だよね』

『わかる』

『分かってるかのように避けるよな』

「んー。わかってるってよりは、来るのを感づくってのが正解？　昔っから敵意みたいなのに敏感なんだよねぇ」

『はえー』

『やっぱり人類の革新じゃないか』

『→懐かしいなそれｗ』

『→配信初期のネタｗｗ』

『リアルチートやめてもろて』


「まー今はそんなことはどーでも良いのだよ。一応、糸吐きの一瞬前には動ける。けれど回避は追尾してくるからダメだったし、聖魔砲はモーションがあるから間に合わない」

『となると必要な要素は』

『ほぼノーモーションで発動』

『一定以上のダメージ or 妨害効果』

『直撃までもかなり速い』

『命中精度も欲しいね』


「いやそんな無茶な…………あ」

『ありますねぇ!!』

『ｗｗｗ』

『あるじゃん切り札』

『新必殺技がありましたね』

「た、確かに条件は合致……え、あれ使うの？　ううぇ……」

『嫌がってて草』

『あんだけ弄られればなぁ』

『諦めて』

『あんな便利なスキル使わんわけにもいかんでしょ』

『ほら覚悟決めて』

「わかった、わかったってばぁ！　次の挑戦は咆哮使ってみる。これで無理なら諦めよう」

『頑張れ』

『大丈夫いける』

『これはいける流れ』

『恥を捨てろ』

『もう着いたじゃん』

コメントに言われて意識すると、確かにもうボスゲートは目の前になっていた。

敵が弱いとはいえ、序盤のエリアの踏破はやっぱり楽だね。


「ん……あ、今回はデスペナ流石にきついから、切れる頃にまたログインって感じで良い？」

『おけ』

『休んで』

『休憩大事』

『待ってる』

『ゆっくりしてきて』


「あはは。そういう優しいところはみんな好きだよ。それじゃあ、ちょうど一時間後にまた配信します。よろしくね！」

『おつ』

『おつおつ』

『がおつ』

『がおつ』

『いやここでも出るんかいｗ』

『がおーつー』

切る瞬間に見えた沢山のコメントなんて私は知らない。知らないいんだから。

◇◇◇◇◇◇◇

「よっしゃー！　私は帰ってきたぞーー！」


きっかり一時間後。

再度ログインした私は、真っ先に配信機能をオンにする。


『おー』

『テンション高いなｗ』

『どうしたｗ』

『張り切ってるね』


「カナとちょっと喋って、元気もらってきた」

『なるほどな?』

『納得した』

『息をするようにカナユキ』

『てえてえ』

「えへへー。それじゃあサクッと作戦確認だけして、挑もうか」
『確認する程じゃない（）』
『まるで複雑な作戦があるかのような』
『四十秒チャージするだけでしょ（』
『がおーのタイミングが全て』
『悪寒？　に合わせて迅速に』
『がおーを当てる』

「全部言ってくれちゃったのでこのまま挑みまーす」
『草』
『ノリが軽すぎる』
『ほんとに行ったｗｗ』
『ええ……（困惑』
『開始してから一分経ってないぞｗｗ』
『マジかｗ』

さあ、三度目の正直だよ！

◇◇◇◇◇◇◇◇

ボスゲートを潜《くぐ》った私は、平原に降り立つ。

そして何よりも早く、【充填】を開始した。

正面から、ジャイアントスパイダーがゆっくりと近寄ってきている。

作戦は単純だ。奴の動きをしっかり見て――ッ！

「っ、『がおー！』」

膨れ上がった敵意を制するかのように、咆哮を放つ。

糸を吐くモーションに入っていたその身体が、大きく仰け反った。

決まった！

一先《ま》ず作戦が成功したことに安堵しつつ、残存ＨＰからチャージ時間を把握。うん。あと半分くらいだね。

もう一発くらい糸を吐いてくるだろうか。

緊張の睨み合いを崩したのは、またしても奴の方だった。

「え。――ぎゃっ！」

目にも止まらぬ動きで距離を詰めてきたかと思うと、鋭く尖った前脚を振り払う。

咆哮の準備にばかり気を取られていた私は、モロにそれを受けることとなった。

軽くぶっとばされながら、ＨＰを確認。

……うん。ダメージ自体は問題ない。異常も猛毒だけ！

すぐに体勢を立て直して、ボス蜘蛛を睨みつける。

聖魔砲の消費分に猛毒もあわさってＨＰがものすっごい勢いで減っているけど、問題は無い！

「これで、終わりだーー！」

【発射】

ギリギリまで高めた威力の光線が、ジャイアントスパイダーを真正面から呑み込んでいく。

光の奔流が消えた後には、奴の姿は残っていなかった。

【只今の戦闘経験によりレベルが31に上がりました】

【Ｗ２エリアボス初討伐報酬によりボーナスポイントが付与されます】

「かったぁーー!!」

両手を突き上げて、全力で喜びを表現する。

『８８８』

『おめ』

『がおー』

『ほんとに勝ったｗ』

『二度負けたけど最後はワンパンってのが面白いよね』

『わかる』

『がおー』


「えっへっへ。まぁ、レベルとしてもＨＰとしても格下だったからね」

『（ユキの）インフレがやばい』

『ＨＰとしても格下のパワーワードよｗｗ』

『ＨＰ半分でもボスとやり合えるわけだもんな。そりゃマックスならハメられなければ勝てるよなぁ』

『がおー』

『なおハメ技さえごり押す模様』

『常識壊れる』

『元々存在しないだろいい加減にしろ』

『毒消さなくて良いん？』

『がおー』


「え？　……あ」

言われて確認すると、残り僅かとなったＨＰが今もなおジリジリと減り続けていた。

慌ててインベントリから解毒薬を使い、回復をする。

「危な。ありがと」

『ええんやで』

『結構危ないｗ』

『がおー』


「ねえさっきから連呼してるの誰⁉」

『ノ』

『ノ』

『ノ』

『ノ』

『ノ』


「多いし！　みんな違う人だったの……⁉」

『おや』

『もしや』

『お気づきでない？』

『がおー』

『可愛かったです』

『ご馳走様でした』


お気づき……？　何が…………………がおー……？

「――ッ！　ああああ!!」


『無自覚ｗ』

『え』

『サービスじゃないのｗ』

『視聴者サービスだとｗｗ』

『これは草』


「ち、違っ。みんなが、がおーばっかり言うから……！」

最悪だ。二度と言うまいと思っていたのに、つられてしまった。

もっとこう、勇ましい感じの『咆哮』でよかったのに……！

そもそも、勇ましい咆哮ってなんだって話ではあるけども。


『はいはい』

『ほんと笑う』

『ソウデスネ』

『がおーもう公式で良くない？』

「良くない！　良くないからね!?」

――ポーン

ん。このタイミングで？

なんだろう。無性に嫌な予感がする。見たくないんだけど。

【『猛《たけ》き聖女』を修得しました】

「…………は？」

『お？』

『ん』

『どしたん』

「や、あの……えっと…………見せる、ね」


――――――――

称号：猛き聖女

効果：自身の咆哮／大喝スキルを、【聖女の咆哮】に書き換える。
説明：当代の聖女は勇ましく、そして可愛らしい。

技能：聖女の咆哮
効果：『がおー』の叫びに呼応して発動。対象に超高確率のスタン、高確率の魅了。低確率の即死を付与する。効果範囲、成功確率は声の張り上げ具合に比例し、対象とのレベル差に大きく影響を受ける。

『ｗｗｗｗｗ』
『草ァ!!』
『うっそだろｗｗｗ』
『【速報】がおー、運営公認』
『絶対視聴者に運営おるやろｗｗｗｗ』
『これはタイミング狙われてましたね』

え、いや、嘘。

そんなことってある⁉

「この、バカうんえええぇぇぇぇ‼‼」

虚《むな》しい叫びが、大空に響き渡った。

◇◇◇◇◇◇◇◇

「あーーうーー…………運営ぃ……」

怨嗟の声を上げながら、ステータス画面を操作。

ああ、体力7000超えたや。

『ドンマイw』

『まあ、監視対象だしな』

『ユキが持つと火力ぶっ壊れてたし、しゃーないって見方もできる』

『あー。貫通500ダメ近くは流石にえぐいな』

『後衛ワンパン確定で草ですわ』

『その代わり、回数制限はなくなったっぽいね』

「いやーそれはわかるけどさぁ。それとがおーはまた別じゃないかと思うわけなんですよ」

『運営の有能さが出ましたね』

『ぐう有能』
『ニーズをわかってる』
『今後強制がおーってマ⁉』
『がおー連打したユキも悪い』
『それなんだよなぁ』

「うぐ……納得いかぬ」
『諦めてもろて』
『我々は満足』
『わかるｗ』
『そういえば、公認マークついたんやね』
『ほんまや』
『おお』
『おめ』
『おめー』

「え、公認？　なにそれ」
ほえ？

急に視聴者さんたちが祝福してくれているみたいなんだけど、どういうことだろう。

公認……なにそれ。


『連絡行ってないん？』

『無知ｗｗｗ』

『公認しらない配信者とかいるのか（困惑）』

『嘘やん』

『華やぞ!!』


「あー……なんせ配信始めてまだ一週間たってないからねぇ……カナの真似して始めただけだから、よく分かってないんだ」

『そういえば（）』

『忘れてたわ』

『そうなん？』

『一週間で登録者三十万超えってマ？』

『常識外がすぎる』

『十年前なら買っても無理だなｗ』

「えーと……多分、ものすごいことなんだよね。えへへ。まだはっきりと実感できてはいないけれど、みんなのおかげだよきっと」

『無欲で笑う』

『登録者必死で稼いでる人がみたらキレそうw』

『この純朴なままでいてほしい』

『わかる』

『わかる』

『わかるわー』


「きっと私は変わらないさー。なにせ、完全に自然体でやってるからね。取り繕う器用さがないってのが正しいけども。……さて、そろそろ周回始めますかー」

『周回』

『またエリアボスさんが犠牲になるのか……』

『キングスライムからそんなに時間たってないのにw』

『あの火葬大会は酷かった』

「あの時は、カナの炎が強かったよね……！　今回はわたし一人だから、ヘマしないようにしないと」

『ミスったらつかまるもんな』
『ソロは難易度高いってｗ』
【吉報】がおー聴き放題』
『神か？』
『神回じゃん』
『割と常に神回なんだよなｗｗ』
『わかる』

「あーーー……！　がおー………やるしかないもんな……。うぐぐ。今日までだから。もう使わないから」

『諦めて』

『がおーからは逃れられんよ』

『実際便利だしなｗ』

『勇ましく可愛らしい聖女様の主武装なんだからしっかり使ってあげて』

『猛き聖女様ｗ』

「……ほんと、運営さんを許してはいけないと思うんだ」

この悶々とする気持ちはどこへぶつければ良いのだろうか。

それはもちろん決まっている。
私は滾《たぎ》る気持ちを抱えて、本日四度目となるボスゲートを潜った。

◇◇◇◇◇◇◇◇

結局、アレからジャイアントスパイダーを六度葬り。
七度目に、集中力が切れた所を拘束されて死に戻ったところで今日は切り上げた。
素材の納品はまた改めてということにし、配信を終了。
もう二十時半を過ぎたということもあり、そのままログアウトだ。
「んーー……今日も、濃かったぁ……！」
ベッドから起き上がり、身体を軽くほぐす。
なんとなく携帯を見ると、新着のメッセージが一件来ていることに気付いた。
んー……なんだろ。
件名は……『Infinite Creation 運営チーム』……。
「インクリの運営っ⁉」
え、待って。私なにかした⁉
思考を巡らせる。
……うん。心当たりしかないや。

ユキ　様
いつもInfinite Creationをご愛顧いただき、誠にありがとうございます。
運営スタッフの川口です。
この度は、サービス開始よりこのゲームをお楽しみいただき、そして盛り上げてくださっている
ユキ様にお願いがあって連絡させていただきました。
つきまして、そちらの御都合の付く時に以下までご連絡いただければ…………………

え、えーと、とりあえず怒られるとかそういうのでは無さそう……なのかな？

よく分からないけれど、とりあえずこういうのは早目に返した方が良いよね……！

◇◇◇◇◇◇◇

二十一時。

私は再度、ＶＲの世界に身を投じていた。

インクリをするためじゃないよ。今回は……。

「お待たせしました。えっと……カワグチ、さん？」

「いえ、とんでもない。こちらこそ夜分遅くにお呼びたてして申し訳ございません。はい。Infinite Creation運営スタッフの、川口と申します」

そう。例のメールの件だ。

実際に仮想空間内で会って話をしようということになり、指定のアドレスからログインしている形となる。

打ち合わせってやつだね！

「えっとそれで、お話とは？」

「はい。……その前に、お礼を言わせてください」

「お礼、ですか？」

「ええ。貴女様が全力でプレイしていただいている姿の配信は、このゲームそのものを大きく盛り上げる要因となっております。どこまでご覧になっているかは存じ上げませんが、ユキ様の配信の伸び、そしてそれに伴う検索数の増加は類を見ないほど。そしてなによりも。あのように心から楽しんでいただけますと、スタッフ冥利に尽きると言うものです。本当に、ありがとうございます」

深々と、頭を下げられる。

いやいやいや！　私そんな高尚なものでもないし！

確かに配信としてはうまくいっているかもしれないけど、わたしはただ自分の好きなように遊んでいるだけだ。

「いえそんな！　私の方こそ、楽しませてもらっていて本当に感謝しております！」

「そう言っていただけますのはこの上ない喜びです。より一層励んで参りますので。今後ともよろしくお願いいたします」

「こちらこそ！」

お互い笑顔での、当たり障りのない挨拶。

もちろんこれもしっかりとした本音だけれども、本題はこれからというところだろう。

それを示すかのように、川口さんがコホンと咳ばらいをした。

「実は、ユキ様にはインクリの公認配信者になっていただけないかと思っておりまして」

「公認？」

公認というと、夕方もそんな話題になったね。

あれは確かゲームの配信に使っているチャンネルに付与される勲章みたいなもので、箔が付き本人であることがわかりやすい……程度のものであるというお話だった。

「ええ。と言いましても、これまでと大きく変わったことを求めるわけではございません。スポンサーとしての契約に近い。むしろ、これまで通り伸び伸びとプレイされる御姿を配信してほしいです」

こくこくと頷く。

「運営スタッフは広報も兼ねて、公式からゲームのＰＶをこれからも掲載していくことになっています。その際に、中心として映し出される存在が公認配信者となっているプレイヤーとなる予定でして、ユキ様にはその第一号となっていただきたく」

あー。ゲーム発売にあたっても、何本も出ていたプロモーションビデオ。

それを、サービス開始後はユーザーの生のプレイを中心にしていく。そしてそれに私が深く関わることになるかもしれない……ってこと。

「PVの殆どは実際のプレイシーンから切り抜いて映像が作られるのですが、もしかすると公認配信者の方には別途お声掛けして撮影の協力をお願いすることもあるかもしれません。もちろん、強制ではなくあくまで任意となります」

「えーっと。今のところはそれくらいなら全然構わないと思っているのですが、こちらにメリットとかはあるんでしょうか？」

ちょっとがめついって思われるかもしれないけれど、自分が何かをする時……とくに、『契約』ならしっかりと自分への利も考えなさい。これは昔からのカナの教えだ。

「スポンサー契約としての、配信環境整備のお手伝いや契約料はもちろんのこと、別途なにか御依頼の際はその都度ご相談させていただきます。また、これは是非動画として紹介してほしいという面もあるのですが、大型アップデートを控えた専用サーバーによる先行体験プレイにお招きしたり、先んじて情報を公開させていただいたりするのも、公認配信者のみとなります」

なるほどなるほど。

……うん、受けても問題なさそうかな。

目立っちゃうというデメリットはもう今更すぎることを考えると、素直に得るものの方が多い気がする。

それに何より、面白そうだ。

いったん持ち帰って考えるのももちろん良いんだけど……ここはもう、直感を信じてしまおう。

「わかりました。お受けします」

「おお！　お受けくださいますか。ありがとうございます！　それでは、詳細なんですけれど
……………」

そこからは、契約の詳細を詰めて……解散。

晴れて、明日から私はインクリの公認配信者となるらしい。

手始めに、長時間ゲームしても身体に負担が掛かりにくいベッドを贈ってくれるんだって。なんか得した気分だ。

トントン拍子で未知のものを進めすぎちゃったことに一抹の不安が無いわけではないけれど……

大丈夫と思うことにしよう。

えへへ。明日からも全力で頑張りますよーー!!

◇◇◇◇◇◇◇

翌日。朝起きて日課をこなした私は、カナとのんびりと話していた。

『へーもう公認かぁ。やるなぁ』

「昨日配信サイトの方を確認してみたら、確かにチャンネル名の横にチェックマーク付いてた」

『そうそう。それが証。動画配信サイトの方の公認は、登録者が二、三十万くらいあれば勝手に付くんよね』

「へー。だからあっちの方は配信中に教えられたんだ」

『ん……あっち？　もう一個あるんか？』

「あー、えっとね。インクリの運営さんから連絡があってさ…………」

昨日のやり取りを話す。

と言っても、広告塔みたいな存在になったってだけだけど。

『なるほどなぁ。インクリもそういう感じなんやな』

「割とよくあるんだっけ？　こういうの」

『一昔前、スマートフォンによるゲームが流行った時から始まった手法やな。影響力、情報発信力の高い配信者を囲い込む……じゃないけど、そこに対して積極的に情報を回すことでより拡散性を高める……みたいな』

「へー。私が特にしないといけないことってないんだよね？」

『せやな。週何時間以上配信って言われたんならそれをきっちり守って。あとはアプデ情報をもらったら、向こうさんの指示に合わせて公開する動画を撮ってあげるくらいか。基本的には普段通りでええってことやな』

「おっけー。認識が間違ってなさそうで安心したよー」

『ま、なんかあったら気軽に声かけてな。投稿者としては一応先輩やし？』

「頼もしい。ありがとう」

『あ、せやせや。公式が呟いとったけど、今日の正午に重大な告知あるらしいで』

カナが今話題に出しているのは、インクリ公式の発信だろう。

それによると、本日正午に大事なニュースがあるということで。

それは、ゲーム内からでも確認することが出来るらしい。

「私も見たよー。どんなニュースなんだろ」

『おおかたの読みでは、ついにイベントくるか！　ってとこやな。そろそろ一週間で慣れてきたとこやし、来週くらいにドーンとくるんちゃうか？』

「おー。イベントかぁ。どんなんだろ」

『さてな。予想はあるけど……お楽しみや！』

「そうだね。お昼にはわかるし。じゃあ、また後で……かな？」

『せやねーほなまた！』

通話が終了。時間を確認……九時か。

とりあえずログインだけして、フレイさんが居たら素材持っていこうかな？

◇◇◇◇◇◇

と、いうわけでログイン。

本日最初のインクリの世界に降り立った私は、一先ずフレンドリストを確認する。

……リストと言っても、二人しか載ってないわけだけれども。

あ、居るね。メッセージ飛ばしておこう。

「えーっと、蜘蛛の素材手に入ったのでお届けしても良いですか…………っと」

文面を二度確認して、送信。他人に送るメッセージってちょっと緊張するよね。

間もなく、返事が来た。どうやらすぐ向かっちゃっても問題ないそうで。

丁度アジーンに居るわけだし、早速行こう。

すぐに向かうという旨を送って、歩き始める。

店へは、迷わずにすぐに着くことが出来た。

「こんにちはーー」

「いらっしゃい、ユキちゃん。待ってたわ。ちょっと上がってもらえる？」

フレイさんに導かれ、店に上がり込む。

対面に座ると、ぽんとお茶を出してくれた。

「ありがとうございます。こういうのもあるんですね」

「そうよー。なんだかんだ細かく作り込まれているからね。街を歩いたなら八百屋とかも見つけたと思うけれど、ああいう店も普通に買えるのよ」

「あっ、そうなんですね。何となく、プレイヤーは関係ないのかなーって」

「もう一つの世界として何でもできる……っていうコンセプトだから。その内、料理人とか建築士みたいなのも生まれるんじゃないかしら。プレイヤーに」

「へぇー！　たしかに、せっかく料理や建築って概念があるならそれを極めようとする方はいそう！」

「そういうこと。この世界じゃどちらも仕事には困らないでしょうし」

そっかそっか。そういう楽しみ方もあるのか。

ゲームの世界においても建築の道を追求する人……なんだかかっこいいね。

「あ、素材持ってきてくれたんだっけ？」

「はい！　出しますね……えと、こう……でいいのかな？」

ちょいちょいとウィンドウを操作。

アイテム取引の画面を呼び出すと、フレイさんの方に素材を送る。

「ありがとう。流石ねぇ。ジャイアントスパイダーの糸がこんなに……」

「あー、えっと、それは…………あ、あればあるほど困らないかなって」

「そうね。がおーが運営公認の技になっちゃって八つ当たりとかじゃないわよね」

「あーー！　そういうこと言うんですねっ⁉」

むすーーっと頬を膨らませる。

敵か？　フレイさん、貴女は敵なのか⁇

「うふふ。冗談よ。…………可愛かったけど」

「聞こえてますからね⁉」

「コホン。……素材はもう充分だから、後はちょっとこっちで調整して作り始めるわね。なるべく早め……そうね、遅くとも数日中にはまた連絡入れるわ」

「はーい。お願い致します！」

「そうだ、デザインの草案とか見ておく？」

「んー。お任せのままで。完成品楽しみにしたいなぁって」

「ふふ。わかったわ。頑張ってユキちゃんにピッタリのもの作るから」

「期待してますっ」

どんなものを作ってくれるんだろう。出来上がるまでが待ち遠しい。

挨拶をして、その場を辞する。


さてさて、どうしようかな。

時刻としては、まだ十一時前後。あと一時間くらいで公式の発表があるんだっけ。

一日終わっちゃって、早めのお昼を食べて待機してようかなー。


ログアウトした私は、とりあえず昼食を作る。

例によって、お昼はそうめんで良いだろう。手早く作れて、そして涼しい。

さくっと完成させ、食べ終えた私は部屋に戻る。パソコンを起動。

時刻は……十一時五十八分か。完璧なタイミング。

えーっと。インクリの公式ページ…………あ、あったあった。

インフォメーションを開いておく。

十二時になった。ページを更新……

「あっ、『第一回公式イベントのお知らせ』これだね」

カーソルを合わせて、クリック。

◇◇◇◇◇◇◇◇

2050．0806
第一回イベント『あっちもこっちも敵だらけ⁉　生き残るのは誰だ！』開催のお知らせ
こんにちは。開発スタッフの守口です。
そろそろ正式サービス開始から一週間が経過いたします。皆様楽しんでいただけていますでしょうか。
私どもとしましても、個性溢れる皆様のプレイングに日々楽しませていただいております。
今後とも全力で運営を行って参りますので、よろしくお願いいたします。

さて、今回は第一回公式イベント開催のお知らせです。

サービス開始二週間を目前とする八月十二日の日曜日に、『あっちもこっちも敵だらけ⁉　生き残るのは誰だ！』を開催する運びとなりました。

詳細は追って発表いたしますが、細かい参加制限は一切無しの、バトロワ形式となります。

ランダムに専用フィールドのどこかに飛ばされ、そこから全プレイヤーを敵としてどこまで生き残れるか……というゲームです。

ゲーム内のモニターや、公式の配信チャンネルから放送する予定ですので、参加されない方も充分にお楽しみいただけると思っております。

より一層盛り上げていけるよう奮起して参りますので、『Infinite Creation』を今後ともよろしくお願いいたします。

Infinite Creation
運営スタッフ　守口

◇◇◇◇◇◇◇◇

「おぉ～～」

ふむふむ。公式イベントだってのはカナの予想通りか。

バトロワ形式……なんだっけ。カナの配信で何度か聞いたことはある。……はず。

最後の一人になるまで戦うとか、そんな感じだよね。

んー対人系かぁ。そういうの全然やったことないし、自信ないな。

あ、でも生き残れば良いって話だから。

大人しくさえしておけば、けっこう良い線いけるかも！


なんとなーくそんなことを考えていると、不意に携帯が鳴った。

ん。カナからだね。


「はーい？」

『お、でたでた。公式見た？』

「見たよー。凄いね。ほんとにイベントだった」

『やろー？　そんなもんよ。バトロワ形式なのも予想通りや』

「えっ、そうなの？」

『せやで。最初のイベントやし、いろんな意味で簡単かつ盛り上がりやすいものがいいんや。だから、闘技大会かバトロワになるのが主流やな』

「へぇー。なるほどねぇ」

『イベント詳細の方は見たん？』

「あ、まだだ。別途って言ってたけど、もう発表されてるの？」

『されとるよー』

えーっと、さっきのページを確認……あ、ほんとだ。

イベント情報の欄に、第一回イベントの詳細がある。

「えーっと……八月十二日日曜日、正午から決着まで、か」

『そ。当然、参加はするやんね？』

「んー対人系って殆どやったことないし不安なんだよねぇ……まぁ、やれるだけはやってみようと思うよ。公認として、良い絵をとれるかは分かんないけどね！」

『はは。ユキなら普通にやっとるだけで大丈夫よ』

「そう？　まぁ変に意識して堅くなるよりは良いよねー」

『そーいうこと』

ゲーム開始と同時に、専用フィールドの完全ランダムな位置に転送。

そして、出会ったプレイヤーを倒し続け、最後に立っていた者が優勝となるらしい。

敵を倒した数も記録されるので、そっちを狙う人も多いだろう……とのこと。

『というかまぁ、私はただひたすらにキルだけ狙うつもりやけどな』

「物騒だ！」

『はっ。そりゃそうよ。日頃から魔王魔王呼んでくる輩《やから》を焼き尽くす絶好の機会。逃すわけにはいかんのや』

「なるほどねぇ。私も天罰振り撒いてみようかな？　あ、でもすぐにＨＰ枯渇しそう」

『そこにも書いてあるけど、一応ポーションとか消耗アイテムは拾えるみたいやで。運次第では、案外長持ちするかもな』

「あ、ほんとだー書いてある。助かるなぁ。およ、レベル制限あるのか」

見落としかけていたけど、改めて詳細を見返すと『レベル制限』という項目があった。

これは参加条件という意味ではなく、最高レベルがここに揃えられてしまうということらしい。

…………ん？

「あのー。私もう制限レベル超えちゃってるんだけど」

『マジか！　そっかそう言えばもう30とか言ってたなぁ』

そう。今回のイベント、最高レベルが30となっている。

つまり、私はここからどれほどレベルをあげようとも、イベント時には30に揃えられてしまうということ。

「むーん。なんか虚しい」

『まーあんまりレベル差が開くと面白み薄れちゃうってのもあるからな。仕方ないんよ』

「それは分かってるけどさぁ」

『レベルだけじゃないっしょ？　ユキだって、装備整えたりスキル高めたりと出来ることは沢山あるはずやで』

「それは確かに。装備もそのうち出来上がるって言ってくれてるし、しばらくはスキルで何か面白いことできないか探してみようかなー」

『街探索とかもええかもな。思わぬ発見があるかもしれん』

たしかに。街を適当に歩いた結果として、あのおばあちゃんにも会えたわけだしね！

アジーンもドゥーバも、もうちょっと探索してみても良いかもしれない。

「そうだねー！　少しでも生き残れるようになりたいし……それになにより」

『出会ったら、負けたくない……よな？』

「もちろん！」

『ふふ。楽しみにしとるわ』

そんな会話を最後に、通話が切れた。

そっか。バトルロイヤルってことは、カナも敵になっちゃうのか。

積極的に倒しにまで行くつもりは無いけれど、出会ったら簡単にやられたくはないよね。

いっそ倒しちゃうくらいの気持ちで行かないと。

うん。ワクワクしてきた。色々と準備、頑張るぞー！

第二章　地下墓地《カタコンベ》の浄化依頼

「はいほーい、みんなこんにちは。ユキですよー」

カナとの通話を終えて、この日二度目のログイン。

今回は特に理由もないので、同時に配信を開始したよ。


『がおっー』

『まってた』

『がおっー』

『がおーっー』

『がおっー』

『がおー』


「う……もはや、がおーの文字列程度じゃなんとも思わなくなってきている自分が辛い」

『草』

『洗脳されている』

『慣れって怖いね』
『これはがおー連打の予感？』
「しない。しないから。がおーは使わない」
『えー』
『と言いつつも？』
『使うんだろうなぁ』
『唄は？』
『→唄見たい』

「どっちもやりませんー!!」
『そう言えば、協会いかんの？』
『協会？』
『→→教会だ』
『まだ行ってないもんな』
『教会で賛美歌歌ってほしい』
『いい加減に唄から離れてｗ』
『そもそも教会あったっけ？』

「教会かぁ。アジーンはリスポーンの広場近くにあったっけ。ドゥーバは教会よりも神殿のイメージが……あ。そういえば、ずっと顔出してないね。神殿行こうか」

唄は歌わないけど！　とだけ告げて、聖都ドゥーバへ移動。

そのまま、神殿の方へと歩いて行く。

なにごともなく神殿に着いたわけだけれども……何か、バタバタとしている？

「一昨日来た時より、慌ただしい気がする」

『せやね』

『確かに』

『ゴブリン関連じゃない？』

『色々あるんやろうな』

「確かにー。攻めてこられる前に色々準備しておきたいことがあるのかなぁ」

道行く人々と会釈を交わしながら、奥へ。

今んとこ、グレゴールさんくらいしか知り合いが居ないからね。彼女を探そう。

「どーこにいーるのっかなー」

のんびりと歩いているわけだけれども、やっぱりどこかピリピリとした雰囲気。

神官の方に聞いてみたところ、グレゴールさんの所に案内してくれるそうで。

ついていった先は、いつぞやの応接室。

ノックをして、呼びかける。

「ユキです。グレゴールさん、今大丈夫でしょうか」

「ええ。お入りください」

許しが出たので、入室。

見事な敬礼をされて、思わず硬直した。

慌てて、見様見真似ながら礼を返す。

クスリと笑ったグレゴールさんの雰囲気が少し軽くなった気がした。

「これはユキ様。慌ただしいところをお見せして申し訳ありません」

「いえ、こちらこそ突然すみません。ゴブリンの件ですか？」

「ゴブリンの侵攻に対する準備は、少しずつ着実に進めてあります。今は少々別件が上がっておりまして」

「別件」

「ええ。どうも、地下墓地の不死者が活性化しているようなのです」

地下墓地……？

耳慣れない言葉。

そもそも、この街に墓地なんてあったんだ。

「この街を出て北西に少し進むと、今はもう使われなくなった墓地がございます。そこは、昔からずっと存在しているのですが……実はダンジョンにも繋がっているのです」

「ダンジョン、ですか」

小さく、彼女が頷いた。

「墓地には、地下に繋がる場所があります。そこまで深い訳ではないのですが、どういう仕組みか奥に行けば行くほど強力な不死者が出没するダンジョンとなっているのです」

こくこくと頷くと、グレゴールさんは説明を続ける。

「普段はあまり触れないことになっているのですが、たまに活性化する時がありまして。放置しすぎると外に溢れてしまうため、高位の者を派遣して最奥から浄化させるのです」

「溢れて？　外に不死者が出てくるということです？」

「ええ。それも、人々が手に追えないほどに力を蓄えてしまったアンデッドが。それを許すわけには行かないので、今回も私か他の者が浄化に向かうべきなのですが……何分、ゴブリンの件もありすぐに動ける者が居らず」

ほー、なるほどねぇ。

なるべく急ぎで地下墓地とやらの浄化に赴く必要があるのだけれど、可能な人材が居ない……と。

あ、これ、そういうことか。

「んーと。私でも問題ないのであれば、私が行きましょうか」

高位の……って言うのがどうか分からないけれど。

ＨＰ７０００分の浄化を回復無しで出来るんだ。力としては申し分無いだろう。

「ユキ様に向かっていただけるとなれば、願ったり叶ったりというものでございますが……よろしいので？」

「はい！　ちょうど何か出来ることないかなーと思っていたところだったんです。お役に立てるならばこちらこそ望むところで」

「助かります。少しお待ちを……」

部屋に備え付けられている机へ歩いていったグレゴールさん。

引き出しを開けると何かを取り出して、こちらに戻ってきた。

「コチラが、地下墓地への入場証になります。門の前で、これに聖の力を通していただければ、反応して門が開かれるという仕組みになっております」

「ありがとうございます。確かに受け取りました」

預かったのは、何らかの素材で作られた印判。

表示されたウィンドウに『地下墓地の鍵』と書かれてあるのを確認して、インベントリに仕舞った。

「では、申し訳ありませんがお願いいたします」

「任せてください！」

一礼をして、退出する。

同時に、ポーン、とインフォがなった。

【特殊クエスト『地下墓地《カタコンベ》の異変』が開始されました】

お、来たね。特殊クエストって扱いなのか。
ポチポチとウィンドウを操作して、ついでに可視化。

特殊クエスト『地下墓地《カタコンベ》の異変』
勇ましく、そして可愛らしいと名が広まり始めている当代の聖女。
そんな彼女に、新たな任務が下された。
活性化してきている地下墓地の調査と、浄化。
実力を鑑みれば全く問題ないはずの任務だが——
成功条件：地下墓地深部に到達する
失敗条件：地下墓地に足を踏み入れぬまま一週間が経過する

……え、いや。あの。

『ええ……ｗｗｗ』

『わろた』

『「勇ましく可愛らしい」を激推しする運営ｗ』

『絶対、運営いま考えてるだろｗｗ』

『スタッフさんリスナーしながら職権濫用やめてもろて』

『何かと動きが早すぎるｗ』

『てかなんだこのクエスト』

『絶対なんかあるじゃんｗ』

『【悲報】地下墓地調査、トラブル確定』

『頑張ってｗ』


色々と納得いかないいんですけどーー!?

◇◇◇◇◇◇◇◇

グレゴールさんからの依頼を受け、神殿を後にした私。

まず向かう場所は、件《くだん》の廃墓地……ではなく。

「まずは回復アイテムの補充しないと、だよね」

『せやね』

『ダンジョン攻略に準備は必須』

『ちゃんと準備出来てえらい』
『おかしい。用意するなんて脳筋らしくない』
『……別人？』

「おいあんたら。見えてるんだからねそのコメント」
『ひぃ』
『草』
『因果応報なんだよなぁ』
『日頃のおこなひ　ですね』
『普通に行いって書けｗ』

「ぬぅぅ。私そんなに脳筋脳筋してないもん」
『どの口がｗ』
『知らなかったのか？　真の脳筋は脳筋に気づかない』
『脳筋であることに気づくほどの脳も無い』
『全てキンニク』
『コメントが自由すぎて草なんだが？』

「良いよそういうつもりなら。皆、表おいで。ビームで焼いてあげる」

『ひぃ』

『ひぃ』

『やっぱり脳筋じゃないか』

『ありがとうございます』

『おいｗ』

『一人おかしいのいたｗｗ』


「我々の業界ってやつでしょ知ってるよ理解はできないけどね！」

『笑うんだよなぁ』

『面白いね』

『それにしても、運営さんＮＰＣに厳しいよなｗ』

『わかる』


「現地人さんに？　どういうこと？」

『ほら、ユキが訪れなければゴブリンと墓地の二正面になっていた可能性があるわけでしょ』

『どっちも失敗してた可能性まである』

『街滅びるのでは？』

『つよつよ騎士たちがなんとかしそう』

『実際ゴブリン戦争？　の間、何するんだろうな。騎士様たち』

『ゲーム的に考えるなら、街がやばいときに出張ってくるんだろうけど』

『どうなんだろうね。この世界だと』


「ほえ～みんな色々考察しているんだねぇ。でも確かに、どうなるんだろう。まあ、私達が頑張るに越したことはないんだろうけど」

ミスリル騎士団の方々も物凄く強かったし、なんならグレゴールさんに至ってはレベル100とか行ってたからねぇ。

もし本当に危機的状況であるならば、手をこまねいている筈はないだろう。どこかのタイミングで出てくるのかな？

ぶっちゃけ、彼らが全員出撃すれば我々プレイヤーなんて足元にも及ばないだろう。

そうなったらゲームとしてはどうなのって感じだし、出撃できない理由でも出てくるのかな。

まあ、そのへんはまた都度かんがえればいっか。

気を取り直して、クエスト用のウィンドウを可視化。

特殊クエスト『地下墓地《カタコンベ》の異変』

勇ましく、そして可愛らしいと名が広まり始めている当代の聖女。

そんな彼女に、新たな任務が下された。

活性化してきている地下墓地の調査と、浄化。

実力を鑑みれば全く問題ないはずの任務だが――

成功条件：地下墓地深部に到達する
失敗条件：地下墓地に足を踏み入れぬまま一週間が経過する

――――――――


「だめだ一行目が気になりすぎてなんにも頭に入ってこん!!」

『草』

『そこはあきらめてもろて』

『ちゃんと本文よんであげて』

『ｗｗｗ』

『()』

「わかってるけど……！　とりあえず、露骨に匂わせに来ているかな？」

『何かはあるよね』

『なにかありますよーと匂わせてくれているだけ有情』

『アンデッド、地下墓地、専用クエスト。何も起きないはずがなく……』

『ユキにとっては相性抜群だよね』

『これってさ、地下墓地に足を踏み入れれば、深部には一週間以内に到達しなくともＯＫ？』

「え？　あーー……どうなんだろう。普通に考えれば、深部で浄化とやらをしないといけないと思うんだけど」

言われてみれば、このクエスト文には穴があるように見えなくもない。

成功条件が深部到達なのに対して、失敗条件は入り口を越えるかどうかって感じ。

『そもそも、深部も到達だけでええんやなって』

『確かに』

『足を踏み入れるだけで何かの条件満たすんじゃない？』

『ありそう』

『覚悟の準備をしておいてください』

『→待ってそれはなんか違うｗ』

『草』

なるほどねぇ。指定のポイントに着いたら、その時点でイベントが起こる可能性もあるってわけかぁ。

ここは、地下墓地に入ったらしばらく出てこられない可能性まで計算に入れるべきかな？

「ふーむ。しっかり準備して乗り込むって方針は間違いなさそうだね」

『せやね』

『間違いない』

『うむ』

よーし。おばあちゃんのとこ、行こうか。


そうと決まれば、善は急げ。

アジーンに跳んで、ポーション屋さんへ。

「ごめんくださーい」

扉を開けて、お店に入る。

今日の店番は、若い女性だった。

「こんにちは。ポーション補充したくて」

「いらっしゃいませ。聖女様ですね？　おばあさまがお待ちです。どうぞこちらへ」

「ふえっ。あ、ありがとうございます」

店に入るや否や、カウンターの横手から店の奥へと誘《いざな》われる。

まるで私が来るのを分かっていたかのような対応に、思わず固まってしまった。

会釈を返しながら、奥へ。

通された先には、いつものおばあちゃんの姿があった。

「え、えーと、こんにちは」

「いらっしゃい。待っていたよ」

「……分かっていたんですか？」

「勘さね」

「カン、ですか」

「前も言った気がするけれど、いろいろと分かるようになるのさ。このくらいの歳になるとね」

しみじみと呟いてみせるおばあちゃんだけど、相変わらず貫禄が凄い。

そういうものなんだろうか。どうも、この人には尋常ならざるものを感じるんだけども。

「どうやら、大きな壁を乗り越えてきたみたいじゃないか」

「……！　えへへ。でっかい相手にリベンジしてきました！」

「そうかいそうかい。若い子は良いねぇ。三日もあけずして大きくなっちまうんだから」

目を細める姿は、やっぱり先導者のそれだ。

本当に、一体何者なんだろう。

「ポーションの補充だね？」

「はい！」

「はいさ。これを持ってお行き」

「わ、良いんですか？」

差し出されたのは、中級ポーション十五本。それも、全部品質Aだ。

「その代わり、ちゃんと次も一皮剥けて帰ってきておくれよ？」

「はい！　ありがとうございます！」

支払う金額についても、全く問題はない。

ちゃんと、フレイさんのところでこれも見越してお金作ってきたからね！

「そういえば、大蜘蛛の素材、残っていないかい？」

「……！　全部売っちゃいました」

「そうかい。ならいいんだ。覚えていたらで良いから、こんど補充に来るときは蜘蛛の目も持ってきてくれないかい？　薬の材料なのさ」

蜘蛛の目……ああ、ジャイアントスパイダーも落としていたはず。

あのときは糸にしか興味がなかったから意識もしなかったけれど、そうか。ポーションの素材になるのか。

「わかりました。覚えておきます」

「お願いね。……そうだ。忘れるところだった」

ふと何かを思い出したかのように立ち上がったおばあちゃん。

箪笥《たんす》の引き出しを開けると、ゴソゴソと何かを取り出した。

「墓地に行くのなら、これを持ってお行き」

「……これは？」

わーお。なんでもお見通しなんですね。

ちょっと呆気に取られながらも、差し出されたものを受け取る。

「御守り。きっとお嬢さんの行く先に光が射すように……ってね」

「……ありがとうございます！」

星を象《かたど》った、小さなペンダント。

ぎゅっと握りしめると、たしかに温かなものを感じる。

もう一度お礼を言って、一礼。私は店を後にした。

預かった『御守り』、ちゃんと確認しておこうか。

えーと、ウィンドウを……ん。開いた。

アイテム：星のペンダント
分類：アクセサリ
性能：ＩＮＴ＋10％　闇属性耐性大
説明：稀代の聖女が真心を込めて生みだした逸品。長年経った今も、装着者をいかなる闇からも護るだろう。

【イベントアイテム】【譲渡不可】

……………えっと。

おばあちゃーーーん⁉

◇◇◇◇◇◇◇

おばあちゃんのお店を後にした私は、噴水広場からドゥーバに転移。

そして、北門から外に出た。

グレゴールさんに言われたのは、北西の方角だったか。

ゴブリンがあちこちにいるフィールドを、歩いて移動する。

あじりてぃー……だっけ。それに一切振っていない私は、あくまで現実世界と大差のない速度しか出すことが出来ない。

ちょっとでも振っていれば、こうした移動もよりスムーズになったのだろう。ちょっと程度じゃ変わらないのかな？

まあ、振らないけど。

「……ところで、どうしてゴブリンたちは逃げていくの？」

そう。襲いかかってくると思っていたゴブリンたち。

以前、ドゥーバに初めて向かった時は奴等のせいで大変なことになった。

お陰でグレゴールさんに目を付けられ、補導されることになったのは記憶に新しい。

それが、なぜか一向に襲い来る兆《きざ》しを見せない。それどころか、みんな私の姿に気付くとこぞって逃げていく始末だ。

『草』

『危険近づくな　ビームで焼かれます』

『ゴブリンたちにも知れ渡ってきたか』

『凄女サマだからなぁｗ』


「やっぱり視聴者さんたち、一度まとめて焼くべきじゃない？」

『ひい』

『罪なき人々まで巻き込むなｗ』

『やっぱり凄女サマじゃないか』

『そういうとこやぞ』

『変なところばかりカナに似るｗ』

『実際、あいつはやべえみたいな認識は受けてそう』

『レベル差あるしな』

『下手すりゃ三倍か』


「あ、レベル差かー。それはありそう！」

ゴブリンたちも、勝ち目の無さすぎる戦いはしてこないってわけか。

まぁ、こっちとしても、障害がないに越したことは無いんだけどね！


さて、しばらく歩いていると、何となくあたりの空気が変わったのを感じた。

なんと言うか。空気が……重い？

いつの間にか、空はどんよりとした雲に覆われている。

不気味なものを感じながらも、歩みを進める。

気付けば、前方に墓地が広がっていた。

「…………ぅええ。ちょっと怖いんだけど」

すっかりと寂れてしまった様子。なるほど。廃、というのも頷ける。

幽霊の一つでも出てきそうな雰囲気に、思わず頬が引き攣った。


『おやおや？』

『ホラー苦手な感じ？』

『そんなわけないでしょ凄女サマだぞ』

『苦手でも浄化して終わりそうw』

『たまには弱々しい姿見せちゃう？』


「好き放題言ってんじゃないぞー！　いやさ、そこまで苦手なつもりは無いんだけど……皆も体験したらわかるよ。リアルな世界だからこそ、無駄に不気味なんだよ!!」

そう。これが画面の中とかなら、別にどうってことは無い。

だが、これはバーチャルリアリティ。五感全部で不気味な空間を感じ取ることになるんだ。

「……取り敢えず、カタコンベとやらの入口探さなきゃ」

地下墓地の調査が任務だ。地上部分に気を取られていたって仕方が無い。

先ずは地下に繋がる入口を探さなければならないと思っていたのだけど………どうやら、その必要はなさそうだ。

北東方面へ、数十メートル。そちらの方角から、物凄く不穏な雰囲気が漂っている。

負の力というのだろうか。何かが溢れて来ているその場所に、地下への入口があるのだろう。


静かに、そちらへ向かう。

やっぱり、どんどん空気も重くなってくるね。

「……ここだね」

下層へと続く、大きな石段。

漂う負の気配は、間違いなく地下からだ。

ゆっくりと、階段を降りて行く。

下りきった先には、大きな石の扉がそびえ立っていた。

扉から溢れ出るおどろおどろしい気配は、来る者すべてを拒んでいるかのようで。

気圧《けお》され、思わず一歩後ずさる。

その瞬間だった。

不意に、胸のあたりから暖かな光が放たれる。

御守りとして首から下げていたペンダント。それが、私を励ますかのように光を放っていた。

「……ん。大丈夫。やるべきことも、なんとなく分かった」

ぎゅっと、胸元の小さな星を握りしめる。

静かに跪いて、重厚な扉を見上げた。

頭を垂れて、祈りを捧げる。

スキルの【祈り】ではない。ただただ純粋に、黙祷。

ほんの少しの空白。

扉で堰《せ》き止められ、溢れ出していた禍々しい気配が、少しずつ浄化され消えて行く。

次の瞬間、ゴゴゴゴ……と鈍い音を立てて、重い扉がゆっくりと開かれた。

「……ん」

『開いたね』

『おお……』

『壮観』

『祈りを捧げて開くなんてＲＰＧっぽい』

『雰囲気あって良いね』


「えへへ。門前払いにならなくてよかった。なんとなく、これが助けてくれたような気がするよ」

にへらっと笑いながら、ペンダントをそっと握りしめる。

なんだか力が湧いてくるんだよね。

よし、行こうか。


内部は、遺跡のような構造になっていた。

どういう原理かはわからないが、壁のところどころに光る大きな石が埋め込まれていて、探索するのに必要な灯りを供給してくれている。

全体的に多少薄暗くはあるものの、松明《たいまつ》などで光源を確保する必要はなさそうだ。

「灯りがいらないのは助かる……かな」

『せやね』

『人工感溢れる場所やな』

『地下墓地なんだしそりゃそうでは？』

『となるとこの灯りも昔に用意されたのかねぇ』

『灯りがあろうとも不気味は不気味だ』

『やっぱりアンデッドの巣窟《そうくつ》なのかな』


「ん〜どうだろう。案外平和に奥まで行けたり……」

ガタン、と物音。

反射的に振り向くと、入ってきた扉が閉ざされていた。

同時に響き始める、カタカタという音。地を這うような、おぞましいうめき声。

向き直った私の目に飛び込んできたのは、どこからともなく湧いたらしいアンデッドの群れだった。

視界の奥には、まだまだ追加としてこちらに向かってきている姿も見える。

『うわぁ』

『閉じ込められた？』

『クエストの条件の謎が一つ解けましたね（』

『これはあまりにもあまりな光景w』

『いくらデフォルメされててもこれはきっついw』

『がんばって』

『次回、ユキ死す』

「予想してなかったわけじゃないけど、一番嫌な当たり方だよーー！」

ちっくしょーやってやる。

手始めに、聖魔砲で一網打尽だっ!!

「…………【充填】」

迫りくる不死者を見据えながら、【聖魔砲】のチャージを始める。

名前：アーマーデビル
ＬＶ：20
状態：平常

名前：スケルトンナイト
ＬＶ：20
状態：平常

名前：シャーマンゾンビ
ＬＶ：23
状態：平常

ひとりでに動く全身鎧に、立派な剣と盾で武装した骨の剣士を前衛に置いて。
後衛には、不気味な仮面を身に着けた呪術師。
うーん。なかなか本格的だね。
カタカタ、ガタガタと音を立てて迫ってくる。
後ろのシャーマンは、何らかの詠唱を始めた。
それなりに質も整った数の群れが、私に襲いかかろうと——
「それじゃあ遅いかなぁ。【発射】」
かざした手のひらから強烈な威力の光が溢れ出し、通路上の敵を飲み込んでいく。
過ぎ去った後には、何も残らない。
威力２０００を超える、巨大な奔流。生き残れるほどの強敵は居なかったか。
まあ、こんな序盤から居ても困るわけだけれど。
よーし。とりあえず序盤から躓《つまず》くってことはなさそうで一安心。

ポーションを使って、消耗を回復しておく。


『相変わらずエグいなぁｗ』

『瞬殺ｗ』

『一網打尽の良い例を観た』

『ユキ相手に一方向から攻めるからそうなる』

『数で攻めるなら挟撃しなきゃ』

『なお対処しきれないとなった瞬間にはＧＡＭＡＮで全体攻撃してくる模様』

『どうやって倒すんだよｗｗｗ』


「えっへっへー。簡単にはやられないのだよ私は」

ライフで受けて、ライフで殴るのこそが、私のプレイスタイル。

最大の敵は、私の許容量を超えるほどの超火力で攻撃してくる存在だね。


敵が一時的に居なくなった通路を、ゆっくりと進む。

しばらく進んでいると、またゾロゾロと不死者の群れが姿を現した。

変わらず前方を塞いでくる姿に、思わず苦笑い。

「それじゃあ何も変わんないよー」

しっかりとチャージして、放射。

それだけで、前方を塞ぐ輩はすべて薙ぎ倒されていく。

なんというか、わざわざ通路という形で方向を絞って出てきてくれるおかげで非常にやりやすい。

相手が不死者というのもあるし、本当に相性が良いって感じだね。


意気揚々と、奥へ奥へと進んでいく。

途中、二度階段を降りる機会があったので、今は地下三階といったところか。

出てくる敵のラインナップは変わっていないものの、レベルは30に届いている。

マップの難易度的には厳しそうなものだが……結局、通路の前方にお行儀よく登場することには変わらないため、３０００ほどチャージした魔力砲……生命砲？　によって全て薙ぎ払っていった。

31だったレベルが33に上がったことを考えると、なかなか美味しい探索と言える……のかな。

正直、効率とかはあんまり分かんないけど、割と楽に稼げているのは間違いない。

それと、道行くアンデッドどもを処理すれば処理するほど、少しずつ空気が軽くなっている気がするんだ。

やっぱり、溜まりに溜まって強化された怨念みたいなものが、空気の重さの原因になっているのかな。


順調な進行のまま、地下三階を探索。

最深部だろうか。一本道だった通路が、大きな部屋に繋がった。

入る前に、通路から中の様子を窺う。

中央にボスとかがいるって感じではなさそうだけど……


『奥になんかおるね』

「え？　あ、ほんとだ。なんだろうあれ」


不意に流れてきたコメントに、部屋の奥を注視する。

大きな図体をした鎧の像が、横並びに二つ。そいつらが立ちはだかる先には……扉。

両開きの、見上げるほどに大きな扉。奴らは、最深部を護る最後の番人といったところだろうか。

ぎりぎりこちらの認識範囲だったのか、注目していると視界の端にウィンドウが浮かび上がった。

名前：アーマージェネラル
LV：40
状態：待機

「強っ⁉」

『えぐい』

『門番ですかね』

『これはきつそう』

『中ボスかな？』

『倒さな進めんやつやん』


「うぇえ……やっぱりそうだよねぇ。レベル40の大鎧が二体……」

正直、けっこう厳しい気がする。

中ボスって感じだとすれば、限界近くまでチャージして撃てば多分倒せる。問題は、その前に喰らうダメージのせいで威力が足りなそうだということ。

【GAMAN】に賭けるという手もあるけど、強敵が二体いると【解放】の隙すら作れない可能性もある。


うーん……勝算って意味では充分にある。けど、確実性は無い、か。

この地下墓地で敗けちゃうとどうなるかわからない以上、最深部に辿り着く前での死亡リスクは極力減らしたい。

「ん～～～。イベントがどういう扱いになるかわかんないから、リスクは極限まで減らしたいんだけど。いい方法無いかなぁ」

『どうやろ』

『きつそうｗ』

『二体が真横に並んでいる以上、釣りだすのも難しそうだし』

『普通にリンクして二体とも反応しそうだよね』


「釣る？　ああ、一人だけひきつけるってこと？」

『そそ。遠距離から攻撃して、一体だけヘイトを買う』

『ＰＴ戦とかではよくある手法だね。挑発系のスキルは射程内なら敵側無差別対象になっちゃうから』

『一体二体だけ狙って引きつけるために、タンクも多少の遠距離攻撃を求められることあるよね』

『普通のパーティならあるあるだなｗ』

『ユキは普通じゃない模様』

『そもそもソロなんだよなぁ』


「うーん。でもまぁ、今の所はそれが一番可能性ある？　一体だけ釣り出せる可能性は低いかもしれないけど」

もしうまくいけば、一体ずつ相手できるかもしれない。そうなれば、まず間違いなく勝てるだろう。

ジャイアントスパイダーみたいにえげつない手法があれば別だけど……

『あれ？　そもそも、こっから撃てるのでは？』

『え』

『あw』

『射程次第？』

『観てる感じでは届きそうね』

『今のところは反応する気配ないもんな』


え。


あー！　そういうことか！

確かに、今覗き込んでいる限りでは敵の反応はない。つまり、ここは向こうさんからすれば探知範囲外ってわけだ。

けれどこちらは、この距離なら【聖魔砲】は届くはず。


あれ？　いけちゃう？

「天才かも。今すぐ試してみるね」

部屋に入る直前のところに立ったまま、充填を開始。

固唾を呑んで見守るわけだが……よし、反応はしないね！

「いけそうっ！」

部屋に入らない限りは起動しないのか。私が緊張してチャージしている間、敵は全く動く気配がない。
二、三倍ほどに思える百秒が経過して、わたしのＨＰが残り1で停止する。

『溜まった』

『いけ！』

『キターーー！』

『撃てぇ!!』

「よっしゃいくよ！　てえぇぇぇい!!」
両手を突き出して、【発射】
正真正銘、全力の一撃。
放たれたビームは、間違いなく今まで見た中で一番の威力。
唐突に迫りくる圧力に、大鎧の目が鈍く光るが――もう遅い。
暴力としか言いようのない光線が、立ち尽くす巨体を呑み込んだ。

【只今の戦闘経験により、レベルが35に上がりました】

【只今の戦闘経験により、『バックスタブ』を修得しました】

【只今の戦闘経験により、『最後の力』を修得しました】

「よっし！　無事勝った！　みんなのおかげだよーー！」

『おめ』

『888』

『ほんとえげつない威力w』

『ロマン砲だなぁ』

『ライフの暴力』

「ライフは偉大なんですよー。久しぶりにスキルもらえたから、確認するね」

技能：バックスタブ
効果：自動発動。対象が認識していない攻撃をヒットさせたとき、ダメージが5％上昇する。

おお、これは結構有用じゃない？

……って思ったけど、よく考えたら不意打ち出来る機会なんてめったに無いかも。

まあ、発動すればラッキー程度でいいかな。

えっと、もう一つは……

技能：最後の力
効果：HPが1になった際に自動的に発動。短時間、自身のSTRとINTを100%上昇させる。
発動は一日に一回。

いや、うん。

正直もう慣れてきたよ！

「ん～。【最後の力】はまだしも、【バックスタブ】はまだ使い道あるかな。狙ってつかうというよりは、お守り程度になりそうだけど」

慣れたような虚しいような微妙な気持ちを抱えて。

敵の居なくなった部屋へ、ゆっくりと立ち入る。

三メートルはありそうな、大きな扉が出迎えた。


『せやね』

『凄女サマお得意の無差別攻撃のときに効果出るかも』
『しっかしポンポン尖ったスキル発掘するなぁ』
『最後の力エグくない？』
『やばい。取得条件、いま書いてなかったけど結構わかりやすいし』
『これは後追い出ますかね』
『ロマン砲にもなるし、普通の人でも持ってて損は無い』
『発動したときが重すぎるもんなぁ』

「ＩＮＴ二倍とか、カナに使わせたらやばそ～」
『このゲームの魔法、ＩＮＴに対応して効果範囲も変わるものが多いんだよな』
『マップ破壊兵器化が進む』
『やっぱり魔王様じゃないか（歓喜）』
『魔王様ならＨＰ１になっちゃまずいだろｗｗ』
『それは確かに』
『ユキも大概だけど、やっぱり火力って意味では攻撃特化層がぶっちぎりだよね』
『凄女サマはあくまでＨＰ極なんだから当たり前でしょ（』
『インフレ世界を比較するな俺らが虚しくなる』
『ＨＰ特化に火力で勝てない俺ら』

『やめろーー!!』

「あはは……まぁ、私もいつまでも順調とは限らないしね」

もしかしたらＨＰに盛るだけじゃ耐えきれなくなるかもしれないし、逆に、火力もぐんぐんのびて余計にうまくいくかもしれない。

先のことなんて全くわからないよねぇ。

まぁそれが私の場合は極端な構成をしている分、どちらにせよ顕著に変化は現れていくのだろう。

いい意味でも悪い意味でも先が読めない私。でも、それが面白いんだ。

さて。そうこうしているうちに、もう門は目の前だ。

私の身長の二倍はあろうかというほどに、巨大な扉。

「……どうやったら、こうも巨大な門を作ろうと思うんだろう」

『それを突っ込むのかｗ』

『いや確かにね!?』

『人の力じゃ開かないでしょうね』

『開門装置が必要なレベル』

『遺跡あるあるに突っ込み始めたらキリないぞ（）』

「いや、それはわかってるんだけど！　さて、どうやって開けるのかなーっと」

ぱっと見、近くにスイッチとかは無さそうだけど…………あ。

あった。門の中心、私の目の高さくらいのところに、小さな窪み。

薄く、小さな長方形の穴。

「……何か嵌《は》め込む感じ？　え。そんな鍵みたいなもの、どこかにあったっけ」

記憶を探る。えーっと、心当たりはある、はず………

『神殿のやつでしょ』

『騎士さんにもらったやつね』

『鍵預かったでしょ』

『鍵』

『ポンコツか？？？』

「えっ、あー……。や、やだなぁ。もちろん覚えてたよ。グレゴールさんにもらったよね」

インベントリから取り出したのは、例の印判。

神殿を出る時に、グレゴールさんから預かったものだ。

「……そういえば、カタコンベの入口でこれを使えって言ってたなぁ」

『いやw』

『やっぱり忘れてんじゃねえか』

『全部聞こえてるぞwww』

『ペンダントと道中の探索に意識持っていかれたんだろうなって』

『はいかわいい』

『少なくとも、慎ましく祈りを捧げるよりはユキっぽい』

『それはわかるw』


「ねえ君たち、好き放題言いすぎじゃない？」

今に始まったことじゃないけどさ。

まあいいか。いまは、それよりも。

そーっと、嵌め込む。バッチリと当てはまった。


その瞬間、印判から溢れ出した光が、門全体へと広がり始める。

白い線が大きな盤面をほとばしり、気付けば紋様が浮かび上がっていた。

「わ、わ…………！」

思わず一歩下がって、見上げる。

門は、印判に描かれた物と全く同じ形の紋章をくっきりと映し出していた。
鈍く重い音を立てながら、ゆっくりと開き始める。
『わーお』
『壮観』
『かっこいいね』
『良き』
『魔力は通さなくて良いのね』

「あれ？　ホントだ。聖なる力を流せとか書いてたような……」
『あれじゃない？　入口はそうするべきだった的な』
『凄女サマが聖女様になったあれか』
『あの一瞬だけは聖女だった』
『十秒後には正常に戻ったんですけどね』
『清楚が異常、凄女が正常』
『無駄に語感良いのやめろｗ』
『草すぎる』
『おまえらなぁｗｗｗ』

相変わらず、失礼極まりないコメント欄。それが面白いんだけども。

でも、お陰でなんとなく見えはしたね。

そっかぁ。本来は、最初の入口のところで、言われたように鍵を使うべきだったのかな？

あの時は、このペンダントに導かれるような感覚で自然と跪いちゃったんだよね。


ペンダントと言えば。この、星を象ったアクセサリーも本当に謎だ。

明らかに普通とは違う雰囲気を見せるおばあちゃんは、まるで何でも見透かしているかのようで。

そんな彼女から受け取った一品もやはり、生半可なものではなかった。

稀代の聖女様が作った……っていうのも謎が深い。

そこそこ前の時代であることは間違いないみたいだけど……一体何者なんだろうか。

「ま、色々と謎は尽きないけれど。徐々に解明されていけば面白いよねーっと」

部屋の中に、足を踏み入れる。

内部は、覚悟していたほど広くなかった。

長方形状の、部屋。

正面方向には比較的すぐに壁が見える代わりに、両サイドはそれなりに広い。

そして。壁際中央付近には、大きな棺と玉座が備えられていた。

「ん……ここが最深部、かな」

『せやね』

『ぽい』

『ボスだと思ってた』

『わかる』

『わかる』

『ボス部屋っぽい雰囲気じゃないね』

『普通にお偉いさんのお墓って感じ』


「だねーー。私も身構えてたんだけど、どうやらボスじゃないみたい」

ゆっくりと、棺に歩み寄る。

やるべきことは、何故かわかっていた。

大きな箱の前に跪くと、祈りを捧げる。

温かな光が部屋中に広がって行き、空気の重さが完全に無くなった。


【地下墓地の浄化度が100になりました】

【特殊クエスト『地下墓地の異変』エクストラクリア条件を満たしました】


不意に響き渡った、インフォメーション。

どうやらこれで、地下墓地の浄化は満了したことになるらしい。

後は、グレゴールさんに報告をすればクエストが終わるのだろう。

そうとなれば、こんな所にいつまでも居る必要は無い。さっさと帰ろう。


そんな、矢先だった。

「………………ッ！」

不意に、胸元から強い光が放たれる。

それが真っ直ぐに正面方向へ伸びた次の瞬間。ゴゴゴゴ……と大きな音を立てて玉座が横にズレた。

恐る恐る確認する。床が大きく開いていた。

その先に見えるのは――階段。

「……あの、なんか出てきたんですけど」

『草』

『地下じゃん』

【悲報】まだ続く』

『凄女サマの声に結構疲れがにじみ出てるw』

『なんだかんだ長時間探索してたしな』

『終わりだと思ったところにお代わりは辛いw』

『ペンダントがトリガーになってた？　今』

『せやね。思いっきり光ってた』

ううむ。もう帰る気満々であったところにコレは、なかなか心に来るものがある。
けどまぁ、行かないという選択肢はないだろう。
案外、小部屋一つで終わる可能性も充分にあるわけだしね。
そしてなにより……あの、おばあちゃんのお導きだ。

さあて。鬼が出るか、蛇が出るか。はたまた……
私は、ゆっくりと階段へと向かった。

◇◇◇◇◇◇◇◇

「……結構、深いね」
『たしかに』
『意外に長い』
『結構降りたよね』
『もしかして二フロア分以上？』
『あるかも』
『風景変わらんから余計に長く感じるw』

玉座の下から姿を現した、さらに下へと続く階段。
ゆっくり慎重に降り始めてから、すでに結構な時間が経過していた。
幸い、道中同様に明るさは問題なく、また敵も罠も今のところは見当たらない。
ただただ、長い階段を降りて行く。
「んー、そろそろ流石に……お？」
変わらない風景に、ちょっと気が滅入ってきたところ。
ようやくと言うべきか、足元の方向から光が増した。
喜び勇んで、階段を駆け下りる。
駆け下り突入した先は、小さな部屋だった。
中央に台座と石板のようなもの。そして部屋の奥にも、両隅にこれまた石板が見える。

『駆け下りてった』
『突撃したなぁ』
『罠を警戒していたユキちゃんはどこへ』
『一番警戒する瞬間じゃないのか今って（困惑）』
『凄女サマが我慢できるわけないだろいい加減にしろ』
『ここまで慎重に下りてきた意味よ……w』
『集中力限界やったんやろうなぁ』

『これは凄女』
『草』
これは……何の部屋だろうか。
中心部にある台座には、何かが設置されている。
杖、かな？
「……なんだろ」
近寄ってみる。派手な装飾のない、一本の杖。
どこか神秘的な雰囲気さえ感じさせる。
何かを待っているかのように、静かに鎮座していた。

アイテム：バギーニャ・トロスティ
分類：両手杖（要求ＳＴＲ10）
性能：魔法攻撃＋１００　物理攻撃＋50　魔法による回復効果を増強
説明：歴代の聖女に代々受け継がれてきた長杖。人々を護り救《たす》ける力を増幅させるという。
専用スキル【守護結界】
【イベントアイテム】【譲渡不可】

注目していると、ウィンドウが表示される。

なるほどなるほど。代々聖女様が用いてきた杖……えっ。

「そんなものが墓の奥地に眠ってて良いの!?」

『寧ろ逆では？』

『大切だからこそこんな場所に』

『ゲームではよくある話よ』

『洞窟の奥に野ざらしになる勇者の鎧とかね（』

『台座に突き刺さる勇者の剣』

『その点、なんか色々段階があった分、厳重とも言える』


「ふーむ、そういうものなのかぁ」

そのあたりの認識は、ゲーム慣れしているほど特に気にならないって感じなのかな。

一歩一歩と、展示されている杖に近づいてみる。

あと二、三歩のところで、石板に刻まれた文字が読めるようになった。

「えーっと？　聖女を継ぐものへ、これでより多くを護り救ってほしい。……なるほど」

そーっと、杖に手を伸ばす。

なにかに拒まれるということもなく、すんなりと握ることが出来た。

バギーニャ・ヤロ
両手杖（要求
魔法攻撃＋
物理攻撃
魔法に
効果

淡い光が、じんわりと温かい。

アイテム：バギーニャ・トロスティ
分類：両手杖（要求ＳＴＲ10）※要求筋力値を満たしていません
性能：魔法攻撃＋50（＋１００）物理攻撃＋５（＋50）魔法による回復効果を増強。ＡＧＩ－10％
説明：歴代の聖女に代々受け継がれてきた長杖。人々を護り救ける力を増幅させるという。特殊な素材で作られているため、重量はかなり抑えられている……はずだが、重い人には重いらしい。
専用スキル【守護結界】０／７０３８
【イベントアイテム】【譲渡不可】

「ねえ」
『いや草』
『ウッソだろｗｗ』
『※要求筋力値を満たしていません』
『ｗｗｗ』

『このゲームｗｗｗｗｗ』

『さすがに草』

『運営の顔拝みてぇｗ』

『ただの杖やぞ……？』

『非力凄女サマだもんな』


おかしい。

どうして私は、システムウィンドウにまでバカにされなければならないのか。

いや、極振りで一切筋力値に振っていないのが悪いんだけども……!!

「ぐぬぬぬ……い、いや、ここは装備させてくれるだけ温情と思おう。持てないよりはよっぽどマシだから！」

『それはそれで面白かったけどな』

『職業装備持てない聖女様とかｗ』

『性能的には殆ど影響ないもんね』

『殴るのに使うのはライフだし、魔法も使わないから』

『魔砲は使うけどな』

『→笑う』

『天才おるｗｗ』

聖女として重要なのは、本来は魔法攻撃力。これは、回復魔法の威力に多少とはいえ影響するらしい。

けれど、私は魔法を使わない（使えない）わけで。

ＡＧＩも割合減少したところで、０に何を掛けても０だ。

あれ？　ちょっとまって？

「確かにペナルティの矛先に問題はないけど、そもそも武器の性能で私にプラス作用する項目無いのでは？」

『気づいてしまったか（』

『いや寧ろ気づいてなかったのｗ』

『意図して目をそむけているものかとｗ』

『物理攻撃↓ほぼ意味無し　魔法攻撃↓意味無し　回復魔法強化↓意味無し』

『【悲報】職業装備、飾りになる可能性』

『最後の希望に託されましたね』

最後の希望……いや、意図するところはわかる。

まだ望みが残っていることを喜ぶべきか、それしか頼みがないことをかなしむべきか。

いや、大丈夫。なんとなく、運営？　のイジワル傾向もつかめてきた。

こういう、既に充分に落としてきた後は、だいたい上げてくれるんだ……！

専用スキルにフォーカスを合わせ、ウィンドウを共有！

技能：守護結界
効果：杖に込められた生命力を用い、外からの攻撃行動を遮断する結界を構築する。範囲は任意の対象を中心に半径五メートルで、結界の耐久値は、予め杖に込められたエネルギーと同値。このスキルの所有者は、自身の生命力を杖に予め込めておくことができるようになる。
ＨＰ１に付き充填されるエネルギーは１で、チャージには二十四時間のクールタイムが存在する。
最大値は所有者の最大ＨＰ－１。

お？
おおお？
「よっっっしゃーー!!　目に見えて有用なスキル！　久しぶりな気がするよ！」
『おお』
『おーー！』
『おめ』
『どっちかと言うとパーティプレイ用？』

『ぽいねぇ』

『保険にもなるね。予め貯めておけば』

『これは素直に強いやつだ』

『なんだろう。ユキが強化されることには僻《ひが》みの感情が浮かばない』

『わかるｗ』

『それ以上に色々と不憫だからでは（』

『外れ率高いもんなぁｗ』


「えへへ……これで、カナと遊ぶときも護りやすくなるねっ」

ステータス面では残念ながら恩恵がなかったが、この技能は充分に有用と言えるだろう。

改めて、手に持つ少し長い杖をギュッと握りしめる。

そっか、よく考えたら、ゲーム始まったばかりのとき以来になるのかな。武器を持つのは。

代々伝わる杖なんだっけ。大事に使おう。


それから、軽く小部屋の中を見て回り、残り二つの石版も確認しておく。

『次はレベルが50に届いた頃に再び来る』ということを脳に刻んで、私はようやくカタコンベを脱出した。

第三章　怪力幼女と頑丈凄女

「んーー……!!」


最後の長い石段を昇り、カタコンベを脱出する。

外の空気は、最初に訪れた時よりもどこか軽いような気がした。

ぐーーっと身を伸ばして、身体をほぐす。

うん。なんだか解放感みたいなのがあるね。

例の杖は、両手にしっかりと握っている。

正直、ちょっとだけ。ちょーっとだけ重いから、背中にでも背負っておきたいところなんだけども。


『初ダンジョンおつおつ』

『結構長丁場だったね』

『結構おつかれ？』

『なんかあれだな。つらそう（』

『わかるｗ』

「うっ、何言ってんの。べつに重くなんてないよっ？」

『いや草』

『語るに落ちるって知ってる？』

『自分から言うのほんと笑うんだけど』

『みんな言わないであげたのに……』

『「特殊な素材で作られているため、重量はかなり抑えられている」』

『なお』

『筋力値0は伊達じゃない』


「ぐぬぬ……」

いや、別にさ、そこまで言うほど重いってわけでもないんだよ。

ただ、確かな重量は感じるから……何ていうかな、ずっと持っているのはしんどいかなって。

「背中に背負っておけるような紐でもあれば楽なんだけどねぇ。街戻ったら探してみようかな」

『ん？』

『え？』

『ん??』

『ショートカット機能をご存じでない？』

『い、いや、背中に新しい武器を感じていたいだけかもしれない』

「しょーとかっと……？」

『説明しよう』

『メインに装備登録している武器一つだけは、ショートカットに登録するだけでいつでも好きなときに手元に呼び出せるのだ』

『やり方は簡単。登録後に、武器を念じて手元に呼び出すだけ』

『殆どタイムラグもないので、殆どのプレイヤーがショートカットを利用している……と言われているぞ！』

『おお』

『解説三連星だｗ』

『久々だなぁ』


「あ、いつぞやの……！　なるほどねぇ。全然知らなかったや」

『こんだけガッツリ動いてて知らないのユキくらいだろうなｗ』

『そっかそもそも知る機会がなかったのかｗｗｗ』

『開幕で捨てたもんなぁ剣と盾……』

『武器持たずに前線出るの自体が稀有すぎる』

『間違いねぇ』

『武器持たないのは居ないわけじゃないけど、そういう人はPTメンバー見て知ってるだろうし』

『ソロの弊害……とも言える？』

『うーん（』

『あ、ちなみにだけど、ウィンドウの装備欄からできるよ』


えーっと、装備欄の……あ、ショートカットを登録ってやつかな？

これを、こうか。

操作自体は非常に簡単だった。登録した瞬間、手に持っていた杖が消える。

おー、本当に消えた！

「えーと……こう、かな」

物は試しと、両手を軽く突き出して念じてみる。

青い光が杖の形を形取り、あっという間に手の中には先ほどまでと同じものが握られていた。

「これは便利だっ。ありがと〜！」

たしかにこれなら、道中も邪魔にならないからとても良いね。


よし。

筋力値、まだ振らなくても良いな。

ＨＰに直結しない限りは、このままＶＩＴを振っていくことにしよう。

そうだ。一息つけたし、ステータス振っておこうか。

ささっとウィンドウを操作して、割り振り。

この操作も慣れたものだ。悩むものがないってのが大きいけど。

「おー、８０００が目前だぁ。７９３７！」

『やばいｗ』

『とどまるところを知らない』

『ほんとに五桁も見えてきたね』

『まあレベルも異様に高いし……』

『ほんと、上位陣の爆速レベリング怖すぎる』

『今一番高い人どれくらいなんやっけ』

『確か40は超えてたはず』

『意味わからんｗｗｗ』


へぇ～～。レベル40かぁ。凄いね。

私も、まだまだ足りないということなのか。いやまぁ、レベルだけ上げれば良いってものでは無いんだろうけど。どうせ今度のイベントでは最大30までだからね！

さて、と。図らずして武器もアクセサリーも揃ったわけで、後は防具だけどもこれは納品待ち。

あれ？　早くも出来る準備が減ってきた？
ま、いいか。
とりあえず、帰ってグレゴールさんに報告……ん？
「わわっ⁉」
突如、目の前に何かが叩きつけられた。
強烈な勢いで飛んできたソレは、うめき声を残して消失する。
「え、ちょっとまって。今のって」
『は？』
『いやw』
『ゴブリンだろ今の』
『どういうことww』
『今どっから飛んできたw』
『【速報】凄女サマの目の前に何処からか強烈な勢いでゴブリンが飛んでくる』
『これは嵐の予感なんだが』
『新しい宣戦布告？』
『→ゴブリンを手袋の代わりに使うな』
慌てふためくコメント欄の様子を見ていると、逆に落ち着いてきた。

えっと、いま何処からか飛来したのは、間違いなくゴブリンだったと思う。

さて問題は、ソレが一体何事なのかということなのだけれど……。

「ご、ごめんなさぁ～～い!!」

不意に背中から響き渡る、大きな声。

振り向かずともわかるほどに慌てた様子の声色は、女の子のものと思われた。

パタパタと駆け寄って来ているのを感じるに、恐らくゴブリン飛来事件の真相に関わりがある人だろう。


うん。わかるぞ。感じる。

「これ、けっこーやばい感じの人が来るよ」

『ソウダネ』

『おまいう』

『お前が言うなw』

『⤴鏡』

『同類検知は速い』

『同族レーダー完璧じゃん』

『草』

…………解せぬ。

あまりにあまりなコメント欄の連携に背中をグサグサと刺されるような感覚になりながら、コホンと咳払い。

そんな間に、気づけば後ろの気配はもう至近まで迫っていた。

「そこの方、大丈夫でしたか？　ほんと、ごめんなさいっ！」

背中から掛けられた声に、ゆっくりと振り返る。

そこにあったのは、はたして少女の姿だった。

九十度にまで頭を下げているので顔は見えないけれど、ピンクの髪にぴょこぴょこと動く丸っこい耳が目を引く。

「あ、いや、別になんとも無かったから大丈夫です……よ？」

コレはあれか、犬耳ってやつか。

ピコピコしていてかわいい。

キャラメイクの時にあったような気もするけど、その辺りはスルーしちゃったからなぁ。

思い返してみれば、ちらほらとこういうのをつけたプレイヤーも居た気がする。

「それなら、良かったのですけど……ってうわぁっ⁉　凄女サマッ⁉」

おずおずと顔を上げたかと思えば、素っ頓狂な声が放たれた。

心の底から驚いたのだろう。目を見開いたまま、硬直している。

うーん。その反応は、ちょっと胸に来るかなぁ！

『ビビられてて草』

『まぁ、この子の気持ちはわかるｗ』

『知らない相手に迷惑かけたと思ったら、それが超大物だった』

『地獄じゃんｗ』

『芸能人みたいなもんだもんな』


「いや、そんな大袈裟な」

「あっ！　すみません、失礼なことを」

我に返り、自分の対応が尚更まずいということに思い至ったのだろう。

余計にあたふたとした様子に、思わず苦笑い。

気にしないで、と伝える。

「えーっと、私のことはご存じなんです？」

「はいっ！　以前カナさんとお会いしたことがあって、その時にユキさんのこともお伺いしました。それから配信も観させてもらってますっ」

「わー。面と向かって観てるって言われると、ちょっと恥ずかしいものがあるね。今も配信中なんだけど、大丈夫かな」

配信で顔や姿全体が映るかどうかは、各プレイヤーの設定に委ねられている。

拒否するか許諾するかについてはアカウント取得の時に必ず聞かれ、その後はオプションでいつでも変更可能。拒否している時はカメラに映ってもモザイクがかかる……だったかな？

そんなわけだから、大丈夫ではあると思うんだけど……まぁ、一応ね。

「はいっ！　全然問題ありませんっ」

ぴこぴこと動く耳に、ちょっと目がいく。

ちょっと失礼な感想かもしれないけど、なんだかこの子の後ろに尻尾が見える感じがするよ。

「それにしても、カナのことは知っているんだね」

いつの間にか、敬語が抜けちゃっていることに気付いた。

うーん。この子の持つ雰囲気かなぁ。

私より小柄な外見ってのも多少はあるけど、何より気配が柔らかい。

「あ、えーっと。知っていると言っても、昨日はじめてお会いしたって感じですけれど。エリアボスにリベンジしようとしていたら、ちょうど移動中のカナさんに出会ったんです！」

昨日、エリアボス……あ、もしかして。

「ひょっとして、ハンマー使いだったりする？」

「はいっ！　初日は色々な武器を触ってみましたが、一番うきうきしたのがこれだったのでっ」

笑顔を浮かべながら、武器を具現化して見せてくれた。

バットのように太い持ち手をしっかりと握り、二本の足で堂々と立ってみせる姿。

私よりも小さなはずのその身体からは、確かな威圧さえ感じ取れた。

「おー……！　凄いね。カッコイイ」

「そ、そんな！　筋力に沢山振ってるだけですからっ」

「私だったら、振っても使いこなせない気がするなぁ。ココで会ったってことは……もうスライムは倒せたんだ」

確か、カナから聞いた話では、キングスライムにリベンジするところだったはず。

でもここは、S2どころかS4エリア。街の近くだ。

「そうなんです！　リーチの長い触手がとてもキツかったんですけれど、なんとか……！　その次の骨の巨人さんの方が、まだ楽でしたっ」

「おおー！　あのスライムさんの攻撃、強烈だよねー。私も、ものすっごい吹き飛ばされた記憶があるよ」

「あの配信のアーカイブ見ました！　最後、カナさんの前に立ち塞がる姿ほんとうにカッコよかった！」

「あはは……あの後はカナにカッコよく助けられちゃったんだけどね」

聖都ドゥーバに向かって歩きながら、話に花を咲かせる。

内容はもちろん、これまで約一週間程度のことについて。

この少女、まず名前はトウカという。

サービス開始後、登録だけ済ませてフィールドに突進した私と違って、彼女はまず色々と訓練場で武器を触って遊んでみた。

そこで気に入ったのが、槌《つち》……いわゆるハンマーという武装だったらしい。

対モンスター用にデザインされた大きなハンマーを使って遊んでいるうちに、芽生えた感情は『もっと大きなものをブンブンしたい』というもの。

そんな矢先に出会った、生産を軸にしている人にも協力してもらった結果、たどりついたもの。

それが、いま手にしている『自分の振り回せる限界の重さ大きさ』のハンマー……だそうだ。


うん。予想はしてたけど、やっぱりなかなかにぶっ飛んでるね！

「じゃあ、今も結構ギリギリの重さを感じているってこと？」

「あ、えーっと……あれから結構レベルも上がりましたし、ハンマーの扱いにも慣れてきたので。今はそんなに苦労は感じないですね。向こうの方も結構ノリノリみたいで、無事街にたどり着いたら、また新しいハンマーを作ってもらえるそうなんです。そしたら、また慣れるまでは色々大変かもしれません……！」

「…………既に、顔の前に持ってきたら全く見えなくなるくらいに巨大だと思うんだけど。そこから、まだ大きくするの？」

「はいっ！　なんかこう、私、自分の身体が小柄な自覚はあるんですけれど。こういう子が見合わないほどにでっかい武器ふりまわしているのって、ロマンだと思いませんか？」

「わかる」

「でしょっ！　私はそれを体現できるようになりたいんです。ちっちゃな体におっきなぱわー。それが私の目指す形！」

そう言ってキラキラとした笑顔を浮かべる姿には、思わずこちらの表情も緩んでしまう。

多分、話してる感じ、年齢はかなり近いはずなんだけど……それを超えるこの雰囲気。和むね。

「スタイルが確立できてると楽しいよね～。私も、とにかくライフを盛って盛ってそれで乗り越えるってのを掲げて始めたんだ。まさか本当にライフ自体で殴るようになるとは、流石に思わなかったけど」

「あはは。ユキさんの場合は耐久力も攻撃力も全部、ＨＰに委ねられていますもんね。『初心者』の看板どこ行ったーって感じです」

「ん～～確かに。ずっとタイトル変えてないけど、早くもちょっとズレて来たかなぁって思ってたんだよね」

「あっすみません。否定とかそういうつもりではっ」

あたふたとし始めるトウカちゃんに、気にしなくて良いと苦笑する。

そうだなぁ。もうちょっと今のスタイルに合った配信タイトル……お。

「『ライフで受けてライフで殴る』これぞ私の必勝法………どう、かな？」

「ええっ⁉　私に聞くんですかっ⁉　……えっと、その、すごく良いと思います。ユキさんのプレイスタイルをバッチリあらわせていると思いますし、必勝法ってのも独特の手法で最前線を切り開いているお姿にピッタリです！」

「えへへ。ありがとう。じゃあ決まりかな」

唐突に水を向けて、流石に無茶ぶりだと思ったのに。しっかり思ったことを返してくれて、本当にありがたい。

えへへ。そっかそっか。とっさの思い付きだけど、そう言ってもらうともうこれしかないような気がしてくるな。このまま決めちゃおうか！

そうと決まれば善は急げと、ウィンドウを操作。配信タイトルを変えておく。

後で告知もしておこっと。心機一転、これからも頑張ろう！

内心で改めて気合いを入れ直している私の傍ら。

『わ、私とんでもないことしちゃったんじゃゃ……』と慌てている姿が、なんだか可愛らしかった。

◇◇◇◇◇◇◇

聖都ドゥーバに到着した私達は、フレンド登録をして別れた。

お互いに用事があるからね。明日にでも、一緒に遊ぼうってことになってある。楽しみだ。

さて。一人になったところで、神殿の方へ向かう。

目的はもちろん、任務の完了報告。

もはやおなじみとなった部屋で、グレゴールさんと向かい合った。

特に問題もなく、最深部まで浄化が終わったことを報告する。

「ええ。こちらの方でも、墓地の方角より漂い始めていた邪の気配がおさまったのを観測しております。期待以上の完璧な任務、本当にありがとうございました」

そんな言葉と共に、深々と頭を下げられた。

「いえ、お力になれて嬉しいです。それに、予想外に得る物もありました」

具現化してみせるは、バギーニャ・トロスティ。例の杖だ。

なんとなく予想はしていたけれど、大きな反応はない。

「……なるほど。聖女様の武装は、無事に当代へと受け継がれたというわけですね」

「この杖のこと、ご存じだったんですか？」

「存在自体は。しかし、場所などは全く。それは、神殿の者にすら伝えられず、ひっそりと次代へと受け継がれるしきたりなのです」

なるほど。彼女なら知っていて言わなかったんじゃないかって思ったんだけど、そうでもないのか。

代々受け継がれる大切な装備であるわけだし、詳細を知る人はなるべく減らそうということなんだろうね。

……その結果として継承に失敗するとかは無いのかな？　見つからないまま終わるとか。

まぁ、私の時みたいに良い感じに導かれるようになっているのかもしれないけど。

「一応確認なんですけど、私が持っていて良いものなので？」

「無論。それは当代の聖女様にこそ受け継がれるべきもの。御業《みわざ》を間違いなくより強力なものにしてくれることかと」

聖女の御業……ねぇ。

うーん。正直わたしじゃ、本来見込まれた性能は殆ど発揮できないけどねっ！

まあ、【守護結界】の方で想定より遥かに強力な効果を見込めるだろうし。これはこれで私に向いていると言えなくもないか。

「わかりました。では、しっかりとこの杖、預からせていただきます。……そういえば、聖女って二人以上は存在しない感じなんですか？」

この際だから、ついでに気になっていたことを聞いてみよう。

グレゴールさんは、質問が想定外だったのか少し考えるような仕草をした後、口を開いた。

「……そう、ですね。神が判断をくだされることなので確実とは言えません。が、長い歴史を紐解いても過去に聖女様が二人並び立った時代は存在しない。それが答えになるかと」

「なるほど……えーと、じゃあもし、ですけど。聖女が姿を消しちゃったら結構問題になります？」

唯一性のある職業をたまたま引き当て、それを楽しめていることは純粋に嬉しい。

けれど、私だって現実の方でもいろいろあるわけで。今はわからないけど、この世界に来られなく可能性だってあるんだ。

「全く影響が無いといえば、嘘になります。既にこうしてユキ様とは関わらせていただいておりますし、やはり【聖女】の持つ力というものは大きい。しかし、【勇者】を筆頭とする六天と呼ばれるものは、もともと存在しない時代のほうが遥かに多い。居なくなったからと慌てて後任を探すようなものではございません。そしてなにより、ユキ様は異邦よりの旅人。仮に姿をお隠しになったとて、それはあるべき形に戻ったということです」

——ですので、ユキ様は何も気になさること無く
そう言って微笑むグレゴールさん。この人には敵わないなぁと思わせられた。

そこからは、軽く雑談をして別れる。

現状、切羽詰まっていることは無いらしい。強いて言うならば、ゴブリン来襲の際には協力もらえればありがたいとのこと。

任務の報酬は、経験値とお金だった。レベルが一つ上がって36になったことを考えると、結構もらえたんじゃないだろうか。

どうでも良いことかもしれないけど、クエスト報酬としてもらえる経験値ってなんなんだろうね。

いや、ほらさ。戦闘直後とかなら、戦闘経験が形になったとか倒した相手から経験を得たとか解釈はできるかもしれないけど。

ただ報告で話しただけで強くなるって、どういう概念だろうって思わなくもない。

「それにしても、六天……ねえ」

グレゴールさんとの会話の中、不意に出てきた耳慣れない単語。

雑談の一環として、できる範囲で色々と聞いてみた。


『掲示板、阿鼻叫喚だぞ』

『爆弾情報すぎる』

『爆弾というよりもはやダイナマイト』

『一気にユニークの情報が明るみになったわけだもんな』

『神殿は新情報のバーゲンセールだ』

「話の流れでさらっと出てくるから、私も反応しそこねちゃったよ。なんだっけ。勇者を筆頭に、剣聖、槍聖、大魔導、聖女。それから拳王か」

『少なくとも後五つか』

『競争激化しそうだね』

『初対面の時に、弓神とか守護騎士とか言ってなかった？』

『あー』

『そう思えば、かなりあるね』

『まあもう既に何枠か内定してそうな気もするけどな』

『言うな!!　言うんじゃない!!』

『カナとか筆頭じゃん』

『カナは職業も【魔王】になるんだろいいかげんにしろ』

『草』

「あはは。クラスまで魔王になったら面白いね。あ、でも、そうなったらもしかして敵対しちゃうのかな？」

『まさかの魔物陣営』

『流石にないだろｗｗ』

『魔王で人間側ってのも意味わからんけどな』

『やっぱりクラス魔王は実現しないかー』

『流石にな』

『だが妄想は自由だ』

『今のうちに魔王カナの討伐方法考えておこうぜ』

「ふふっ。討伐方法って。あーでも、意外に今度のイベントの参考にもなるかもね」

『たしかにな』

『バトロワかーー』

『バトロワがレイド化する未来』

『初イベント　レイドＶＳ魔王カナ』

『まああくまで妄想としてさ、カナが魔王として敵に回ったらどうするの？』

「え。わたし？　うーんそうだなぁ。一応こっちだって【聖女】だし討伐軍に入るかなぁ」

『討伐軍ｗ』

『実は結構ノリノリじゃねえかｗ』

『魔王ＶＳ人間側とか絶対盛り上がる』

『実現するなら魔王側にもテコ入れほしいけどね』

『それは確かに』

『魔王様が聖女を攫えばＯＫ』

『それは草』

『王道。だが、凄女サマだからなぁ……』

『ｗｗｗ』


「もう。何言ってんの。……あ、でも」

『でも？』

『お？』

『おお？』


「……ちょっとだけ、攫われてみたいかなーって」

『草』

『ｗｗｗ』

『欲望もれとるｗｗｗｗ』

『意外に少女趣味だな』

『急に女の子にならないで』

『流石に解釈違い』

『【速報】凄女サマ、意外に乙女』

「ああ待って待って今のナシ‼　冗談だから！」

思わず零れ出た変な思考に、コメントが猛烈な勢いで加速していく。

みるみるうちに顔が真っ赤になっていくのがわかった。

ああ、もう！　みんなぶっ飛ばすよ⁉

◇◇◇◇◇◇◇◇

「ん～～～～！　今日は結構重かったぁ！」

あの後すぐに配信を切り上げた私は、そのままログアウト。

長時間よこたわったことによってすっかり固くなっていた身体をほぐして、居間へ向かう。

今日は一日中遊んじゃったから、もう終わりかな。

やることとやったら勉強しよう。

ちゃちゃっと晩御飯を作って、食べる。

今日は簡単に、醤油ベースのスパゲッティにした。

一人なので手早く済ませちゃって、洗い物。

そのまま軽く掃除をしてから、部屋に戻る。

最近ちょっとサボリ気味な気がするからね。今夜は気合い入れて頑張ろう。

ふんす、と気合いを入れて、席についた。

参考書を開き、シャープペンシルを手にもつ。

「さーてやるぞ……って電話⁉」

突如鳴り響いた、聞き慣れた着信音。

ある意味最高で、ある意味最悪なタイミングにかかってきた電話に、思わず硬直した。

そして、こーんなタイミングでかけてくるのなんて一人しか居ない。

画面に表示された名前。そっとため息を吐いて、応答する。

『お、でたでた。もしも～し』

「勉強しようとしてたところだったんですけど？」

『あはは。やっぱりギリギリセーフか』

「セーフじゃないよアウトだよ⁉　ヘッドスライディングでギリギリアウトだよっ！」

『そう言いつつも付き合ってくれる深雪は優しいなぁ』

「……切るよ」

『堪忍堪忍。さて、どうやら武器手に入れたみたいやん？』

「切らせる気ないな⁉　……情報早いね。今更驚かないけど。そう、今日の地下墓地の奥でね。なんか聖女に伝わる杖ってのもらった』

『期せずして、武器まで揃ったわけやな。防具の納品がますます楽しみやん。それで、なんか聞きたいことあるんちゃう?』

『……よく分かったね。今度は流石に驚いたよ』

『フッフッフ。伊達に長年親友やってないからなぁ。ステータス関連やろ?』

『ご明察。こういうの聞いて良いか分からないけれど。カナってさ、知力極振り?』

そう、これは昼間に筋力要求値の話になってから、ずっと気になっていたこと。

INTに全力傾けていることは知っているし、私自身VITに振り続けてきたわけだけれど。

実際のところ、本当に全部振るよりも要求値分くらいは振っても良いんじゃないかって思ったの。

『ん〜せやな。結論だけ言うで? 私のステ振りは、【極振り】ではあって【全振り】ではない』

『……どういうこと?』

『すっごい簡潔に言うと、ステータス概念があるネットゲームには、昔から【極振り】とそれを更に特化させた【全振り】って考え方があるんよ』

つらつらと並べ立ててくれた説明をまとめると、こんな感じ。

まず、【極振り】とは、何らかの目的を持って一部のステータスに対して『極端に割り振ること』

そして、【全振り】は、ただ一つのステータスだけにすべてのポイントを注ぎ込むこと。

つまり、今やっているゲームで言えば、INTに九割振ってあと残りで最低限のステータスを賄うスタイルは【極振り】になり、ＩＮＴに全部振ると【全振り】となる。

今の私の状況だと、ＶＩＴだけに５０５ポイント全部振ってあるから【全振り】になるね。

『ウチの場合は、自前の装備品を身につけるためにＳＴＲとＤＥＸにほんの少しだけ振ってあるからな』

「は～～なるほどねぇ。そもそもそんなふうに区別されているのも知らなかったよ」

『まー、極振りって言えば全部振って特化することやって認識の人も、一般的には沢山《ようさん》おるからな』

「わたしもそう思っておりましたーっと。ん～どうしようかな。カナもやっぱりＳＴＲとかに振ってあるのかぁ」

直面した、杖の装備条件もある。

幸い、両手で持てばちょっと重いくらいで扱えるようだけれど。

『まーでも、ユキの場合はまた状況も違うやろ？　結局んところ、ユキがどうプレイしたいか。それにどんなステータスが必要か、やで。ま、こういうのはもっと最初に説明すべき事柄やったけどな！』

たははー。という笑い声。

こうは言ってくれているけど。カナの立場からすれば私がどの程度このゲームに熱を入れることになるかわからない以上、どの程度声をかければいいかわからなかったはずだからね。

「うーむ。私がどういう遊び方をしたいか、か」

そんなものは決まっている。極限までＨＰを盛るというのが大前提。

そのＨＰを使って相手の攻撃を受けて、今ならＨＰを使って殴りまで行う。

意図せぬうちに出来上がった、私の必勝法だ。

そのために必要なのは、やはりＨＰで間違いない。

耐久力に直結する新スキル【守護結界】も、影響するのは結局のところＨＰの総量。

やはりそうなると、とにかくＨＰを１でも多く積めそうなステータス構成にするべきだよね。

つまり。

「……当面の間は、ＨＰ全振りで行くよ。いまのところ、割り振らなかったせいでＨＰを損するって事態にはなっていないから。そういうことが実際に起こったら、また考えようかな」

『ん。それがええんちゃうかな』

「相談のってくれてありがとね」

『こんくらい大したことないって。あ、せやせや。トウカにも会ったみたいやな？　あの子、律儀にメッセ飛ばしてきよったで』

「そうそう！　今日の帰り道に、たまたまね。本当に、すんごいハンマー持ってた。しかも、まだまだ大きく重くするつもりみたいだよ？」

『は〜〜。ユキも大概やけど、あの子も大概そっちよりやなぁ』

「それ、他人のこと言えない自覚ちゃんとある？　どーせ隠してる手札合わせたらダントツでやばいんでしょ」

『あっはっは。どうやろな？　紙耐久なんは間違いないしな。ま、そのあたりはもう五日もすればわかることよ』

奏の言葉に、何となくカレンダーを見る。

そう。イベントの日までは、あと五日。

ぶつからないほうが楽なのは間違いないけど……きっと、カナとは相対することになるんだろう。

お互い尖ってるし。勝負は、予想すら出来ないような事態になるんじゃないかな。

「そうだね。もしぶつかったら、負ける気はないから」

『それはこっちも。ああ、楽しみやなぁ！』

最後におやすみを言い合って、通話が終了。

当然ながら、真っ白なままのノートが目の前には鎮座している。

……はぁ。学生として、こっちもちゃんと頑張りますかぁ。

私はなんとなく腕まくりをして、ふたたび勉強に向かい始めた。

◇◇◇◇◇◇◇◇

「はーいみんなおはよう〜。今日も元気にやっていきますよっと」

『がおっー』

『がおっー』

『(°・ω・)「がおーっー』

『がおーー』

『がおーっー』


翌日。朝の用事を済ませた私は、素早くInfinite Creationの世界にログインしていた。

慣れた手つきで画面を操作し、配信を開始する。

大量に流れ始めるコメント。

もはや、がおつー程度じゃ何とも思わなくなってきた自分が辛いよ。

「えーと、今日はなんと、新ゲストというか、新しいお友達がいるんですよっ！」

『マ？』

『嘘だー』

『ぼっち少女のはずでは』

『カナ以外遊ぶ友人いないと思ってた』

『ソロ勢だからね仕方ないね』

『そもそもトップ層だし立ち回りおかしいしでついてこられる人がまず居ない件』

「だーーれがボッチだ。誰が！　まあ、新ゲストと言っても、出会ったのは昨日の配信中だったけどね」

『あー』

『あの子かｗ』

『そう言えば言ってたねぇ』

『ユキについてこれそうな数少ない子』

『むしろ振り回しそう』

『現状ソロでドゥーバ到達する時点で普通ではない』


「はいはい察してる人も多いとは思うけど、紹介するよ。トウカちゃんです。どうぞっ！」

自分でもよくわからないテンションだと自覚しながら、トウカちゃんを手で示す。

すると、空気を読んだカメラドローン。期待通りに彼女を正面から映すアングルをとってくれた。

「っ！　え、えっと、トウカです。よろしくお願いします！」


『おー』

『初々しいｗ』

『なんか、あれだね。思い出すね』

『→ユキの初配信』

『→それ』

『すっかり慣れたもんで』

『古参アピやめれｗｗ』

『犬耳っ子だ』

『動物耳いいぞ』


なかなか上々な反応を返してくれるコメント欄に、ちょっとにんまり。

トウカちゃんは、少し緊張しているのが犬耳がぴくっと動いている。

「……それ、本物？」

『草』

『どんな問いだよw』

『本物ｗｗｗ』

『まあ、気持ちはわかる』

『動いてるもんなぁ』


あまりにも唐突な問いかけに、きょとんとした表情をしてみせた彼女。

けれど、すぐに言わんとするところを察したのか、にまーっと笑って見せた。

「これ、ですよね。えーっと、本物ではない……になるのかな？　結論を言えば、頭装備の部類に入ります。試供品だけど、似合うと思うから……と頂きましたっ」

ぴょこぴょこと耳を跳ねさせながら、そう答えてくれるトウカちゃん。

へぇ、ただの装備品でこんなに動くんだ……良いね。

「うん、似合ってる。可愛い」

「えへへ……私も気に入ってるんです」

『かわいい』

『ユキも付けよう？』

『猫』

『ネコがいい』

『わかるなぁ』

『今日はなにするん？』


「付けないよ。私は付けないからね⁉　んー。実はまだ決めてないんだよねぇ。トウカちゃん、やりたいことある？」

「私ですか？　えーっと、出来るなら、ここから西のほうに行きたいな……と！」

「西となると……ゴブリンたちの草原とは別の方だよね。何かあるの？」

「はい。荒野が広がっているらしいんですけれど、そこに出てくるゴーレムの素材が欲しくて。武器の素材として非常に有用で、かつ供給が少ないのできっとユキさんにも得があると思います！」

ほうほう。たしかに、皆が求める素材は、そのぶん値段が高くなるって言うもんね。

需要と供給の概念、わたしはちゃんと理解できるよ。

だからそこ！　あんまり脳筋脳筋いうんじゃない‼　トウカちゃんと話しててもちらちらコメントは見えてるんだぞ‼

……コホン。

まあつまり、ドゥーバ周辺で強敵素材を集めることが、良い金策になるってわけ。

それなら、断る理由もないよね。

「なるほどおっけー。じゃあ行こうか」

「はいっ！」

さあさあ、トウカちゃんと初冒険に行ってみよー！

◇◇◇◇◇◇◇

「……というわけで、荒野にやって参りました。結構歩いたね」

「動画撮影でもしてるんです？」

「ううん。何となく言ってみたかっただけ。配信はしてるけどねー」

「カメラドローン……でしたっけ。実際、目の当たりにすると可愛いですよね。なんかこう、動きが」

配信用の小型カメラ。私からちょっと引いたような視点を撮りながら、ふよふよと浮かんでいる。

無いはずなんだけど、まるで意思を持っているかのような気の利かせ方もしてくれるんだよね。

「わかるー。このカメラにすっごい助けられてる。不気味な地下墓地探索のときも、配信があると心細さが緩和されるなぁって」

「たしかに。一人だけど一人じゃないって感じが良いですね」

「そうそう！　お陰でなんとか最深部まで行けたよー」

「ビームが爽快だった回、アーカイブで観てきましたよ！　あれは楽しそうで……あっ！」

不意に話をとめたトウカちゃん。前方を確認して、私も合点がいった。

見上げるほどに大きな、岩の巨人。体長三メートルはあろうかという巨体が、視界の先に現れる。

名前：ロックゴーレム
ＬＶ：32
状態：平常

両腕をガンガンと叩きつけ、こちらを威嚇してくるその姿には確かな威圧感。

私も負けじと杖を取り出して、構えた。

「ふっふっふー。いっくよー！」

具現化させた巨大ハンマーをぶんぶんと振り回し、トウカちゃんがニッコリと笑う。

うーん。なんとなくだけど、これ私の出番は無い気がするよ？

◇◇◇◇◇◇◇◇

ロックゴーレム。

全身が岩でできた、熊とゴリラの中間みたいなフォルムの魔物。

胸部にコアという弱点部位があるものの、全身を覆う頑強な岩によって殆ど露出はされていない。

両腕に甚大なダメージを与えコアを露出させるか、僅かな隙間を射抜くかというのが、対処方法として主流だ。

……っていうのは、事前知識としてトウカちゃんに教えてもらったこと。

当然、精密な攻撃というのは私にとって（恐らく彼女にとっても）無縁なものであるので、今回は腕をぶっ飛ばすところから始まるんだけども。

相手したことがあるという彼女が見本をみせてくれるらしい。楽しみだね。

一応、私はチャージを始めておこうか。

「えーいっ！」

気合いの入った掛け声とともに、巨大なハンマーが横薙ぎに振るわれる。

ドガーン！　という爆音。奴の右腕が吹き飛んだ。

「……わーお」

ドガガーン！　と再びの轟音。息つく暇のない逆サイドからの攻撃に、今度は左腕が吹き飛ぶ。

力を失ったかのように、ロックゴーレムはだらんとした姿勢でコアを露出させた。

「てええええいっ！」

肩に構え直したハンマーを、上段から振り下ろし。

重量も乗った渾身の一撃が、赤く光るコアを粉砕した。

そのまま、巨大な岩の像はなすすべもなく消え失せる。


……え。終わったんだけど??


ふぃーと額の汗を拭うような仕草をしたあと、トウカちゃんはくるりとこちらに向き直る。

ハンマーをしまい、ぐっと親指を立ててみせた。

「えと、こんな感じっ！」

「誰も真似できんわっ!!」

『笑う』

『魂の叫びｗ』

『正常な反応』

『これが普通』

『ユキもようやく俺ら側に』

『俺らの気持ちがわかりましたか？？』

「いや、わたしはちょっと違うんじゃないかな～?」

『いや、一緒だぞ』

『うむ』

『同じだな』

『カメラ目線の得意顔とかそっくり』

『わかるｗｗ』

『同類なのは間違いない』


これはひどい。誰一人として同意してくれない。

味方は。私の味方はいないのか。

「それにしても。いつも観ていて楽しいのは間違いないんですが、こうして配信側に回るのも面白いですね。自分についてもコメントが投げられているの、ちょっとくすぐったいです」

にこやかに笑いながら、トウカちゃんが歩み寄ってくる。

彼女の目線の先は、可視化されていないけどウィンドウかな?

コメントが見えてるっぽい反応だけど……

「トウカちゃん、配信のコメントって見えているの?」

「はい!　こちら側で配信画面を小さくですけど表示させて、視界の端に置いてあります」

「あ～、プレイ中に配信みることってできるんだ!」

「今の私だと、配信のコメント欄だけを映している感じですねっ」

なるほどね。明らかに忙しそうなカナが的確に把握してくれているのは、そういった方法も活用しているのかな？

私も、見ようと思えば配信中にカナの様子を確認することもできるんだろうか。

ちょっと詳しく聞いてみたところによると。他人の配信など、外部の情報にアクセスできないエリアもあると言われているらしい。

私にわかりやすいものでいえば、近いうちに開かれるイベント中は確実に禁止されるだろうとのこと。

まあ、そりゃそうだよね。情報ダダ漏れになっちゃう。

「そういえば、今度のイベントは参加するつもり？」

「はいっ！　生き残るのは難しいかもしれませんけど、少しでも残れるように頑張りますっ」

「おー！　出会ったら、お互い手加減なしで！」

「もちろんっ」

ふたり顔を見合わせて、にんまりと笑う。

トウカちゃんがどんな戦い方で生き残るのか、非常に興味があるね。

さて、そんな話をしているうちに、二体目のロックゴーレムが出現した。

ハンマーを構えようとするトウカちゃんを制して、一歩前に出る。

「次は私の番。任せて」

フルチャージしたまま行き場をなくした【聖魔砲】があるからね。

移動自体は可能とはいえ、せっかく溜めたんだからはやく撃ちたい。

真正面からぶっ放すのみ。小細工なんてありはしない。

ゆっくりと歩み寄ってくるロックゴーレムへ向けて、杖を振りかざす。

名前：ロックゴーレム
LV：33
状態：平常

ふむ。改めて見ると、なかなかの重圧。

けどまぁ。

「恨むなら、私に放つ隙すら与えなかったトウカちゃんを恨んでねーっとりふじんっ!?」と背中から声が聞こえた気がするけど、知らない。

突きつけた杖から、暴力的なまでの力の奔流が解き放たれる。

真正面から受け止めることとなった両腕が、ほんの数秒で粉砕。

そして、魔砲の威力は緩むこと無く。
護るものの無くなったコアの部分に突き刺さった。
一切の抵抗も許されずにロックゴーレムの姿が消え去ったのを確認して、ほっと一息。
杖を仕舞って、くるりと振り返る。
「トウカちゃんほど凄くはないけど、私の答えはこんな感じっ！」
「私よりとんでもないと思うんですけどーーっ⁉」
『いや草』
『新手の意趣返しをみた』
『理不尽ユキ炸裂』
『どっちもどっちだよ（』
『→それすぎる』
『面白いなぁ』
『ユキカナもいいけどこのコンビもいい』
『わかる』
『脳筋×脳筋』
『混ぜるな危険ｗｗｗ』

うん。楽しい！

「あ、私わかります。この笑顔、確信犯です」

「なんのことかなぁ」

じとーっと見つめてくるトウカちゃんに、にへらっと笑いかける。

「むーーっ!!　負けませんよ！」

「私だって！」

さてさて、狩りはまだ始まったばかりですよー!!

◇◇◇◇◇◇◇

ロックゴーレムを狩り続けること、しばらく。

先ほどまでぽんぽんとでてきていた奴らの出現が、めっきりと止まったことに気づいた。

「あれ？　出てこない、ね」

「狩り尽くしちゃったんでしょうか？」

ハンマーを肩に担ぎながら、きょろきょろと見回すトウカちゃん。

その無垢な姿は、やはり先ほどまで豪快にゴーレムを粉砕していた猛者《もさ》にはとても見えない。

「んー。そういえば、気付かない間にかなり奥まで来たね？」

「あ、ほんとですね。マップをみても相当な距離です」

このゲームは現状アジーンを起点として斜めにエリアが広がっていて、境界線は斜めに真っ直ぐ伸びている。奥に行けば行くほど、一つあたりの横幅？　は物凄く広くなっていくらしい。

まあ、あんまり広くなりすぎたら分割されるのかもしれないけどね。

何が言いたいのかというと、エリア自体はＳ４で変わっていないものの、実際は最初の方で言う二エリア分くらいは移動してきちゃっているということ。

うん。かーなり奥まで来たや。


『今更きづいたのか』

『軽い散歩みたいなノリでどこまで行くんだ』

『てっきりエリアボスまで狙っているのかと』

『ロックゴーレムが玩具のように葬られて行く』

『非常に爽快で良き』

『なんかこう、スカッとするよねこの二人ｗ』


「エリアボスね～。私としてはトウカちゃんとなら挑んでみたいところだけど」

「正直どのあたりにいけば良いのかあまり見当つかないんですよね。いっそ、かなり南行きます？」

「それもありかな～～。ちょっと強敵と戦ってみたい気分だ」

「強敵……そういえば、こんな流れじゃありませんでしたっけ？」

のんびりと雑談をしていると、ふとトウカちゃんがなにかに気づいたらしい。

どうかしたのか、と目を向けると、彼女はにまっと笑った。

「いえ、ユキさんの初配信の動画を思い出しまして」
「私の初日か～。なんだか懐かしい気がする」
『わかる』
『わかる』
『あのときはあんなに初心《うぶ》だったのに……』
『すっかり凶悪になっちゃっ……ん？』
『いや初日からおかしかっただろｗ』
『受動的ではあるもののビームぶっ放してたなｗ』
『やベーやつは初日からやべー』
『怖いなぁ』
『凄女さまだから仕方ない』

「初日は少なくとも聖女ではなかったはずだけど⁉」
『大差ないだろ』
『凄女の片鱗はすでにあったんだよなぁ』
『うわせいじょつょい』
『草』

「あんたらなぁ！」

「……そもそも一週間も経っていないことなんですし、やっぱり最初から本質として凄女なのでは？」

「トウカちゃん？」

「い、いえ！　なんでもありません！」

取って貼り付けたような笑みを浮かべるトウカちゃん。

あれーおっかしいな。この場に私の味方は居ないのか？

悲しい、悲しいなぁ……

「……あ、でも、最初に言わんとしたところは伝わったかも」

ふと思い至って、ここまでを振り返る。


未知のエリアに突撃。

一体ずつ湧き出てくる強め（のはず）の敵を討伐。

倒し続けているうちに出現が止まった。

……これ、たしかに初日とすっごく似た状況だね。既視感ってやつだ。

『あー』

『なるほどねw』

『フィールドボス来るか？』

『ボス戦か～～??』

すこしだけ、空気が張り詰める。

トウカちゃんを見てみると、両手を使ってぶんぶんとハンマーを円状に振り回していた。

……あはは、あれ、うっかり当たったらものすっごいふっ飛ばされそうだなぁ。

でも、私も気合いは充分といったところ。

「あ」

「どうしました？」

「……いや、新しいスキル使うのすっかり忘れてたなって」

バギーニャ・トロスティのスキル、【守護結界】

一応使ってみたいとは思っていたんだけど、展開が展開だったせいでなかなか使い所が無かった。

「ああ、杖の？」

「うん」

「ふふ。試すには絶好の機会みたいですね？」

ぎゅっとハンマーの柄を強く握りなおしたトウカちゃんの、楽しげな声。

周囲の魔力が、急速に高まっていく。

ゴゴゴ……という地響きとともに、土埃が舞い上がり始めた。

集まり渦を巻いた力がドンドンと膨れ上がっていくさまを、固唾を呑んで見守る。

確認した杖のステータスには、しっかりと守護結界が最大チャージされていることが示されていた。

「……来ますっ！」

カッという光とともに、渦の中から出現したモンスター。

それは、ロックゴーレムと似たフォルムでありながらも、どこかすらりとした印象も受ける。

光を反射して、キラリと光る身体。赤い瞳と、目が合った。

名前：ミスリルゴーレム
LV：55
状態：平常

こ、これは流石に想定の数段上かな……!?

杖を固く握って、唾を飲み込む。

ミスリルゴーレム。

虹色に光る水晶のような身体は、明らかにコレまで戦った相手とはレベルが違うように感じられた。

まあ、実際にレベルそのものが段違いなんだけども。

やつが動き出す前に、自らの新しい杖を掲げる。

さて、結局未だ一度も使ったことがないけれど……！

「ぶっつけ本番……【守護結界】っ！」

掲げられた杖の先端、宝飾の部分が光り輝く。

次の瞬間、私達の身体をそれぞれ薄いベールのようなものが覆った。

技能：守護結界
効果：杖に込められた生命力を用い、外からの攻撃行動を遮断する結界を構築する。範囲は任意の対象を中心に半径五メートルで、結界の耐久値は、予め杖に込められたエネルギーと同値。このスキルの所有者は、自身の生命力を杖に予め込めておくことができるようになる。
ＨＰ１に付き充填されるエネルギーは１で、チャージには二十四時間のクールタイムが存在する。
最大値は所有者の最大ＨＰ－１。

この説明からするに、対象とした私を中心とした結界が張られるものだとてっきり思っていた。

けれど、そうじゃないみたい。

半径五メートルの範囲を結界構築対象として、そのそれぞれの身体を薄く覆う感じで結界が張られている。

恐らくだけど、耐久値は共通だろう。

そうならそうと、最初からわかりやすく書いてほしいところだけれど。

長々とウィンドウに書くわけには行かないし、一回使えばわかるだろうとかそういうことかな。

まあ、今回に限っては嬉しい誤算。これなら結界内部からの攻撃がどうなるのかとか、そういうことは一切気にせず戦闘ができる。もともとその辺は、『外からの』って文面で期待はしてたけども。

シンプルに8000ほどのダメージを二人合わせて肩代わりしてもらえるって認識で良さそうだね！

それならば、私達の強みは特化した瞬間火力。

被ダメージが8000を超えるか、相手をぶち倒すのが先か。勝利条件は非常にわかりやすい。

やられる前にやる。

私も火力を発揮するために、【充填】を開始した。

「てえええいっ！」

同じことを考えたのだろう。トウカちゃんがリスクを恐れず飛び込み、横薙ぎの一撃を振るう。

ドガアアン！　という轟音が鳴り響き、ミスリルゴーレムの身体が揺らいだ。

続けて、左手に振り抜いていたハンマーを体幹で抑え込み、そこからねじれを解放するように。

返す刀……いや、返す槌で殴りつける。

下から右上に向けて跳ね上げるような強烈な一撃が、かの巨体を襲った。

大きく仰け反らせることに成功したトウカちゃんだったが、向こうもやられっぱなしであるはずがない。

渾身のカウンターを決めようと、右腕を引き絞るようにしているのが見えた。

「っ！　トウカちゃん！」

「わかって、ますっ!!」

ここで彼女は驚くべき選択をした。

回避行動は間に合わないと踏んだか、振り切った勢いのままその場に踏ん張り、上段に構え直す。

「はあああっ!!」


襲い来る拳にも構わず、渾身の力で振り下ろした。

凄まじいほどの衝撃に、震える大気。

そして一瞬遅れて、超質量の右ストレートがトウカちゃんの肉体に直撃した。

まるで全力で打たれたピンポン玉のように、彼女の身体が吹き飛んでいく。

相当の距離を宙に舞って、ドサリと落下した。

「トウカちゃんっ!?」

「大丈夫、です！　ただ、すみません、結界がっ！」

あまりにあまりなぶっ飛ばされ方をしたから心配したけど、確かに結界がダメージ自体は吸ってくれたみたい。

ちょっとよろめきながらもだけど、トウカちゃんは直ぐに立ち上がった。

結界の残り数値は……あと3000ちょっとっ⁉

い、いくらクリティカルヒットとしか言いようのない打撃が直撃したとはいえ、そこまでの威力を叩き出されるものなのか。

単純計算で、威力5000程度。流石の超格上ボスと言ったところだろうか。

けれど、こちらの攻撃も予想を遥かに超えて通っている。

あれかな。外見的に、防御にかなり寄ったステータスでHPはそこまでって感じなのかな？

それを押し切れるトウカちゃんの火力だよね。ほんと物凄い。

けど、私だって負けてはいない。

「こっちも撃つから、その間に戻って！」

「はいっ！」

こちらに走って戻ってきて、前線に戻るまで十秒ちょっとってとこかな？

無理かもしれないけど、できる限りタイミングは合わせたい……！

ドシドシと歩み寄ってくるミスリルゴーレム。

接敵までは七秒？　五、四、三、二……よし。発射！

白い光線がゴーレムの右足を捉え、その姿勢を大きく崩す。

奴が鈍い動きで姿勢を起こそうとした隙。後方から小さな影が飛び出した。

「一気に決めますっ！　雷神の槌《トールハンマー》っ！」

ただでさえ巨大だったハンマーが、更に一回り二回りも肥大化する。

バチバチッと雷を帯びはじめたそれを、両手で高々と掲げて。

「終わり、だあああっ‼」

体勢を立て直しかけていたその顔面に、致命の一撃が突き刺さった。

衝突部からとてつもない勢いの放電が発生し、トウカちゃんごとミスリルゴーレムに突き刺さっていく。

攻撃の前に半分以上は残っていたはずのHPが、消し飛んだ。

「って、トウカちゃんっ⁉」

「えへへ、結界、助かる……！」

自身にポーションを使用してから、トウカちゃんのもとに駆け寄る。

スキルの反動で動けないのもあるかもしれない。

ストンとその場に座り込んだ彼女が、にへらっと笑みを浮かべた。

結界の耐久値があと1500くらいしかないんだけど、どれだけ強い稲妻なんだ。

1000を超える反動ダメージ、本来耐えきれないんじゃ……――ッ⁉

「伏せてっ！」

「！」

渾身の一撃を受け、崩れ落ちていたミスリルゴーレム。

その目が、鈍く光った。

強烈な悪寒に身を任せて、トウカちゃんの前に立ち塞がる。

その瞬間、まばゆいばかりの光が、私の視界を埋め尽くした。

凄まじい熱量が襲いかかり、パリンという音が響き渡る。

みるみる内に減少していくＨＰバーには、祈るしか無い。

70％、50％、30、20……


――止まったっ！

ＨＰを８４２残して、減少が止まる。

それと同時に、最期の力を使い切ったらしいミスリムゴーレムの身体が、光に包まれて消滅した。


【ミスリムゴーレムの討伐に成功しました】


【戦闘に勝利しました】

【只今の戦闘経験によりレベルが40に上がりました】

【只今の戦闘経験により『ヘイトコントロール』を修得しました】

【只今の戦闘経験により『鎧通し』を修得しました】

【只今の戦闘経験により『最大ＨＰ上昇』が『最大ＨＰ上昇Ⅱ』になりました】

【只今の戦闘経験により『求道者』を習得しました】

【S4フィールドボスの初撃破報酬によりボーナスポイントが付与されます】

【S4フィールドボスを全ワールドで初めて討伐したことにより報酬が付与されます】


「やったーーー！」

「お疲れさまですっ！」

『うおおおお』

『8888』

『888』

『おめ』

『やばいw』

『勝てるのヤバスギ』


トウカちゃんを助け起こして、無事勝てたことを喜び合う。

コメント欄も大盛り上がりで気持ち良いね！

「かなりギリギリだったけど、勝てちゃった！」

「奇跡的なくらいに、相性も行動も噛み合いましたね……」

「もう一回勝ってってって言われると厳しいかも。さて、それじゃあお互いにリザルトチェックの時間といきましょーか」

「はいっ」

大きなボスを倒した後は、たいてい大きな成長を得られる。

これがまたゲームの醍醐味っていうのかな。確認の時間って楽しいよね。

「んーと。まずはレベルが40。うわ。一気に上がったなぁ」

『40⁉』

『5上がってるw』

『上がりすぎで草』

『まあ、レベル55のフィールドボスだもんな』

『格上がすぎる』

「ほんと、よく勝てたよねぇ。さて、じゃあとりあえず報酬も合わせたポイントを全部ＶＩＴに振って……あ！　６００乗ったよ！」

『すごw』

『全振りの恐怖』

『えげつないな』

「更に！　今回強化された最大ＨＰ上昇の効果も合わせまして……現在のステータスは、こちら！」

名前：ユキ
職業：聖女
レベル：40
HP：10985
MP：0

「なんとなんと、ついに一万の大台を突破いたしました――!!」
『は？』
『は??』
『やwばwすwぎw』
『最強じゃん』
『五桁www』
『目標達成か。おめでとう』
『ほんまや』
『HPもだけど、MPの0がまたw』

「えへへありがとう！　いやー……過去最大級に加速しているコメント欄が、インパクトを物語っているね。ＭＰはね……もう仕方ないよね……。あ、でもほら！　フィールドボスだから多分またなにかもらえるし……！」

『そういう期待は駄目って学んだでしょ』

『視聴者は別方向の期待をしているんだよなぁ』

『豪華報酬が無駄になる展開まだですか??』

『はやく絶望して』

『絶望を見るために我々はここにいる』

「ねえひどくない？　みんな酷くない??　ま、まあいいや。新しく増えたスキルと、称号を確認するよ」

ウィンドウを操作し、ポンポンと共有していく。

とりあえず、スキルは一気に二つ並べちゃおうか。

技能：ヘイトコントロール

効果：三分間、自身の行動によるヘイトの蓄積率を1.5倍にする。

技能：鎧通し
効果：ダメージ算出の際、相手の防御力を10％無視する。常時発動。

続けて、称号。

これはかなり良いもの引いたね。

「お！　どっちも有用じゃん！」

ヘイトコントロールはＨＰの高い私を狙ってくれやすくなるから便利だし、鎧通しも【聖魔砲】の威力に影響するから結構大きい。

称号：求道者
効果：自身の最も高い基礎ステータス二つを10％上昇。その他のステータスを20％減少。オン・オフ切り替え可
説明：一つの道を追い求めるものは、他を犠牲にしてでも更なる飛躍を願う。

「こ、これはっ!!」

すぐさま、効果をオンに。

その瞬間、先程まで片隅に表示していたステータスが更新された。

表示されるHPは……11999!!


『えwww』

『えっぐww』

『もう誰も倒せないやん』

『異次元どころか異世界すぎる』

『1足りないのおもろいな』

『ほんとそれ。どうしてw』


「そ、それはわかる……どうせなら12000に乗せて……」

『妙に残念なのが笑うよな』

『でも、今回やばくない?』

『全部有用じゃん』

『一つも腐ってないね』

『お、おかしい‼』

『運営さん！　俺たちのユキちゃんを返して！』

『こんなのユキじゃねぇ‼』

「皆して好き勝手言ってんじゃなーい‼　こういうことだってあるの！　私の時代が来たの！　おとなしく認めろ！」

一斉に巻き起こる、ブーイングの嵐。

いやまあ、みんな冗談半分で言っているのは流石にわかる。だがこっちの身にもなってほしいというもの。

今日の私は、まさに時代が来たって感じだね。

得たもの全部アタリって感じで、最重要なＨＰも大幅強化。いやー気分が良い。

「さーて。最後はフィールドボス初討伐報酬だよ。かなり高レベルの相手だっただけに、かなり期待が持てるよね……！」

『いや』

『期待』

『いやここはw』

『そうだ！　まだ最後が残っている！』

『最後の最後でひっくり返せ！』

『分かってんだろうなぁ運営ッ！』

勝手に盛り上がりを見せているコメント欄を横目に、ウィンドウを操作。

ふん。言うだけ言ってればいいさ。今日の私はキているんだ。

「ほーん？　ミスリルリングS。Sってなんだスペシャルかな？　えっと、詳細は……」

アイテム：ミスリルリングS

分類：アクセサリ

性能：MP消費量－20％

説明：極めて高純度なミスリル鉱から作られた、魔法のリング。装着者による魔力の使用を大きくアシストする。

【ユニークアイテム】【譲渡不可】

『おおおおお』

『うおおおお』

『キタアアア』

『神！』

『ｗｗｗｗ』

『おつかれｗｗｗｗさまですｗｗｗ』

『期待を裏切らないｗｗｗ』

『草ｗ』

『最高』

『どんまい』

『【速報】やはり神ゲーだった』


…………泣いて良い？

第四章　激闘　悪魔

最後の最後で運営に裏切られた、ドロップ品の確認を終えて。

十二時をかなり回っていたのもあり、トウカちゃんとはそこで解散。

一旦のお昼休憩を挟んで、私はまたインクリの世界に戻ってきていた。

「うぬぬ……運営……」

『まだボヤいてるのかｗ』

『上げて落とされたもんな』

『アトラクションもびっくり』

『ナイアガラもビックリ』

『滝かｗｗ』


「むー！　これ以上笑ったら焼き払うよ！」

『はいはい』

『怖い怖い』

『コワイナー』

『誰一人怖がらなくなってて笑う』

『あ、でもさ、聖魔砲とかどうなん？』


「……！　そっか、アレはＭＰ消費をＨＰで代用しているわけだから、消費減るかも……ん。それって良いのかな？」

一瞬期待しかけた私だけど、ちょっとだけ嫌な考えもよぎった。

消費が軽減されたならば、その分チャージ速度が落ちるのではないかということ。

技能：聖魔砲
効果：自身のMPを毎秒最大値の1％消費して充填、任意のタイミングで発動。攻撃力は消費したMPと同値。聖属性。相手の防御値は、物理と魔法の弱い方で判定される。（チャージ中は移動不可）
聖なる乙女にも棘はあるもの。

消費したMPと同値の攻撃力っていうのがどんな扱いを受けるか……なんだよね。

というか、今更だけど相手の防御、弱い方で判定されてたんだね。すっかり忘れてたや。

最悪の場合だと、消費が軽減される分、毎秒0.8％分しかチャージできないとかそういうことになる？

そんな疑問をぶつけてみたところ、流石にそれはないだろーってコメントが殆ど。

まあ実際にやってみれば良いよねってことで試してみた。

結果としては、特に変化なし。

毎秒1％ずつHPが消費され、特に威力の上昇もなさそうだった。

「むーん……けっきょく腐るユニークアイテム～」

『哀愁漂ってて草』

『せめてトレード出来たら良いのにね』

『カナとかすっごい喜びそう』

『間違いない』

「ま。仕方ないよねぇ。さて、どーしようか」

現在の時刻は十五時と言ったところ。

割と時間はあるけれど、さてさて何をしようかなぁーっと。


『雑談』

『雑談枠とかどう？』

『挑戦者を募ってなぎ倒す』

『雑談良いね』

『挑戦枠は草』

「あ～雑談か。じゃあ、東の方でテキトーにゴブリンでも狩りながら雑談しよっか」

特に大きな反対もでなかったので、東門の方へ移動。

確か、ワールドクエスト？　でもゴブリン減らしておけって言われているしね！

◇◇◇◇◇◇◇◇

「うお、東のエリア、思った以上に人がいる」

魔砲を習得した場所でもあり、ゴブリンの砦を粉砕した場所でもある、聖都の東側エリア。

草原が続くこの場所は、予想を遥かに超えて混雑していた。

見渡す限りのあちらこちらで冒険者たちとゴブリンの小さな群れが戦闘している様子を横目に見ながら、奥へと進んでいく。


『ゴブリン狩りに真面目なプレイヤー諸君って感じ』

『ワイも今狩りながら配信みてるで』

『意識たけえ』

『やっぱり最初のイベントだからか、皆けっこう真面目に取り組んでるよね』

『わかる』


「全体へのアナウンスでも、ゴブリンの削り具合でクエストが変わりますって言ってたもんね～。結局あれから一度も狩りしてないし、今日は頑張って貢献してみようかな？」

『おー』

『ゴブリンたち逃げて！！！』

『鬼がくるぞ!!』

『お前達逃げろーー！！！』

「おかしくない⁉　皆してゴブリンの肩を持つのおかしくない⁉」

いつも通りに酷い視聴者さんたちにツッコミながら、聖魔砲でゴブリンを蹴散らしていく。

以前の皆くらいの位置まで来て、上位種らしき存在も増えてきた。

けどまぁ、所詮レベル20に満たないようなモノだから、大した脅威にはなり得ない。


「ん～これじゃ弱い者いじめな感じがしてくるなぁ」

『そりゃなぁ』

『レベル20で暴れていたステージでしょ』

『今40だもんね』

『そもそも小鬼が鬼に勝てるわけない』

『→待ってツボった』

『→天才すぎんか？？？』

『この世の真理じゃん』


「なるほどね？　ゴブリンのこと小鬼って表記することも多いもんね……じゃないよばっかやろー‼」

『ｗｗｗｗ』

『待って落ち着いてｗ』

『あかんマジで暴れはじめた』

『ビーム乱射すんなｗ』

『本当に鬼と化してるんだが……？』

『えぇ……』


ＨＰが１２０００近くまで伸びた今、６００のチャージに要する時間は僅か五秒。

ちょーっとした腹いせに乱射したビームで、まとめてゴブリンは消し飛ばされていく。


『改めて見るとやべえなぁ』

『同じ威力を出すのにもチャージ時間減ってるからね』

『小鬼を蹂躙《じゅうりん》する大鬼』

『大鬼は草ｗｗｗｗ』

『凄いじゃん人間卒業』

『はじめから人間じゃない説あるから』


「だーかーらー！　好き勝手ばっかり言ってんじゃなーい!!」

今更だけど、聖魔砲の凄さってリキャストタイム……再使用までの時間が極端に短いことだよね。

敵に合わせて小回りも効かせられる感じが、本当に強いと思う。

そうこうしていると、パタリとゴブリンの出現が止んだ。

先程まで無限と言えるほどに姿を現していたのが嘘かのように、静けさが辺りに立ち込める。

「……あれ？　止まった」

『でてこなくなったねぇ』

『【悲報】ゴブリン、根絶される』

『ああ……流石に虐殺されすぎたか』

『この感じ、見覚えありすぎるんだがw』

『ゴブリン、恐れを為してでてこなくなった模様』

『もうワールドクエスト凄女サマだけでよくね？』

『笑う』

「もうツッコまないよ。ツッコむと君たちの思うつぼだってことくらいわかってるもん。ま、まあでも、ゴブリンが居なくなったなら仕方な……うわわっ⁉」

踵を返そうとした瞬間だった。

ピシャーーン！　と物凄い音が響き渡り、思わず身を縮こませる。

反射的に瞑った目をゆっくりと開くと、ほんの十メートルほど先の地点に大きな人影が立っていた。

名前：オーガ
LV：40
状態：平常

ゴブリンとは比較にならないほど大きく、強靭な肉体を見せつけるようにして。
ゆっくりと、オーガと表示されたモンスターがこちらに歩み寄ってくる。
その得物は、刀。すぐ後ろには、追加で三体ほどの大きな鬼の姿があった。

『マジで大鬼きて草』
『オーガVS凄女』
『大鬼VS大鬼』
『草』
『オーガ側、パーティーっぽいのがウケる』
『どっちがモンスターなんだｗｗ』
『凄女サマに決まってるだろいいかげんにしろ』

『おwまwえwらw』

「好き放題言ってくれちゃって……蹴散らしてあげるッ！」

私は、先頭のオーガをキッと睨みつけると、杖を振りかざした。

◇◇◇◇◇◇◇◇

これは、ある日のこと。とある公式の動画投稿サイトに掲載された、動画である。

暗雲の立ち込めた草原を、四名から構成されたパーティーが進行していた。

彼らは揃って、恵まれた体格に鍛え抜かれた肉体を誇る。

最も大きな特徴は、やはり額から生えた二本の角であろう。

大鬼族《オーガ》。

そのなかでも極めて有望な若手四名を選りすぐって構成された、希望の星——

それこそが、彼らであった。

そんなパーティーが先を急ぐように草原を駆けているのは、理由がある。

【悪魔】が——出た。

ほんの数日ほど前の話だ。憎き人族の街を、今度こそ攻め滅ぼしてやろうと準備を重ね。

ようやく、計画に目処が立ってきた矢先のこと。

密かに前線に建設していた基地が、粉砕されたという情報が入った。

本部は騒然となる。当然だ。

重要な前線基地の名に恥じず、強固な壁を築き上げ。防衛用の施設も数多く用意していた。

そんな砦が、援軍すら間に合わず破壊されたという。それも、僅か一瞬で。


たった一人で歩いてきた、人族の少女。

報告されるのも面倒なので、適当に始末しておこうと思った、その瞬間だった。

突如としてまばゆいばかりの光が溢れたかと思うと……まばたきの間に、砦が消えた。


目撃者は口を揃えて言った。

【悪魔】が現れたのだと。

◇◇◇◇◇◇◇◇

「おい、本当に悪魔が出たってのかよ！」

「確証はない。だが、実際ゴブリンどもに物凄い被害が出ているんだ」

「聖の魔力を纏《まと》った、ビームによる虐殺。これは、ほぼ黒と見て良いと思うわ」

「チッ……好き放題やりやがって。悪魔なんて俺が止めてやらぁ！」

オーガのおたけびにあわせていかにも尤《もっと》もらしい字幕が流れるが、真偽のほどは定かではない。


力強く吠えた一体のオーガが、目前の丘を駆け上がる。

頂点にたどり着くと同時に、凄まじい雷鳴が辺りを襲った。

光が晴れた先。丘の反対側のふもとに、人影が映し出される。

ただの村娘にしか見えない衣服に、派手とは言えない大きな長杖。

少女の眼が、オーガを捉えた。

「ッ！」

全身を襲った震えを誤魔化すかのように、サムライ・オーガが突貫する。

あっという間に肉薄してみせた彼は、突き出された杖を掻い潜るようにして少女の身体を切り裂いた。

刹那、彼女の足元を中心として、大爆発がまきおこる。

流れるような動作で仲間と合流してみせたオーガのサムライは、味方の援護を確信していたのだろうか。

煙がもうもうとたちこめ、少女の姿は視認できない。

しかし、そんな状況であっても、鬼たちは最適解の行動を起こした。

全体的に軽装な中、唯一の重装備。全身鎧を着込んだ大鬼。

オーガ・パラディンが自身の体ほども大きな盾を構え、三体の前に出る。

更に、彼ら全体を覆うようにして、黄色く光るドームが出来上がった。

オーガ・ドルイド。このパーティにおける重要な支援役だ。

念には念を重ねた、鉄壁の備え。

――しかし、悪魔はその上を行く。

煙が晴れた、その瞬間。

強烈な光の奔流が、展開されたバリアに襲いかかり。数秒のせめぎ合いを経て完膚なきまでに打ち砕く。

そのまま勢い衰えることなく到来した光線を、大きな盾が受け止めて。

なんとか凌ぎきったと、そう思わせた直後だった。

「がおーーッ！！」

緊迫した場面に不釣り合いな、間の抜けたセリフ。

大音量のそれが響き渡ったと同時に、オーガ側の動きが完全に硬直する。

一気に趨勢《すうせい》が決まるかに思えたその絶大な隙に、少女は畳み掛けなかった。

無理を嫌ってか、回復アイテムを使用。

改めて、両者は睨み合う形となった。

ここでもまた、サムライが均衡を破る。
刀を抜き放ち、大きく踏み込んで全力の一太刀。
防ぐことができず、身体を斬り裂かれた彼女はその場でよろめいた。
オーガの側は、生じた隙を逃さない。
先程も爆発を起こしてみせた最後の一体。ソーサラ・オーガが杖をかざす。
爆炎が吹き荒れ、少女の身体を呑み込んだ。
このまま決着が付くかと思われたその瞬間、カっと彼女の身体が光り輝く。
状況的に、正真正銘、最後の切り札であろうか。
みるみるうちに、その魔力が膨れ上がっていって。
「グオオオオオオッ！」
いまにも放たれようとしたそのタイミング。強烈な雄叫びが響き渡った。
野生を全解放したかのような咆哮に、少女に一瞬の硬直が生じる。
そしてその刹那の硬直が、千金に等しい時間を生み出した。
「ッ⁉」
突如として、彼女の足元より生み出された大量の鎖。
動揺する彼女を雁字搦《がんじがら》めに拘束し、全ての動きを封じ込んだ。
ダンッと地面を力強く踏み込んで、サムライ・オーガが飛び込む。

鎖は間もなく消え失せたものの、少女に何かを起こすことはもう叶わない。

寸分の乱れもない、真っ直ぐな太刀筋。

歯を食いしばって睨みつける【悪魔】の身体を、きらめく刃が切り裂いた――。

◇◇◇◇◇◇◇

名前：オーガ
LV：40
状態：平常

視聴者さんたちのあまりの酷さに、思わず啖呵を切った私。

だけれど、この状況は流石に、絶対的な無理がある。

そもそもだ。直前までの状況を思い返してほしい。

トウカちゃんと激戦を乗り越えたのは、ほんの数時間前の出来事。

よーするに、【守護結界】のチャージが出来ていないのだ。

問題はそれだけではない。先ほどまでビームを乱射していた関係上、HPもそこそこ消耗している。

ポーションのリキャストタイムは、まだ終わっていない。

つまり、だ。

まずい！　ひっじょーにまずい！

視聴者さんたちもその状況に気付いたらしく、流石に厳しいんじゃないかと言うコメントが目立ち始めたかな。

……だったら尚更、諦めるわけにはいかないよねっ！

思考の時間は僅かだった筈だけど、刀を抜き放ったオーガは、もう目の前まで迫っていた。

勝ち筋は一つ。

速攻で、片付ける！


刀に斬られるのも構わず、【充填】を開始。

【ＧＡＭＡＮ】は一度使っちゃうとクールタイムが生まれるからね。速攻とはいえ、まずは【聖魔砲】をぶつけていく。

深く切り裂かれて、紅いエフェクトが辺りに散る。

見慣れないものに意識を割く暇すらなく、足元で大きな爆発が起こった。

凄まじい爆風に、軽く吹き飛ばされる。

すぐさま起き上がって追撃を警戒するも、流石に飛んでは来なかった。

チャージは止まっていない。残りＨＰは20％……

ちょっと待って、ＨＰ減るの速すぎない⁉

充填に消費するＨＰは、毎秒１％。

しかし、横目に確認する体力は、その二倍以上の速さで減少している。

よく見ると、ＨＰバーの横に、見慣れない『出血』という文字。

これか、紅いエフェクト。そして、このＨＰ高速消耗の要因！


しかし、原因がわかったところでどうしようもない。

出血なんて状態異常、聞いたこともないし。当然、その回復方法も。

ぐんぐん減るＨＰ。ここは、早めに撃つしかないね。

煙はまだ晴れきっていないけれど、相手の方向は分かっている。

上手いこと四人固まっていて、まとめてやっつけられたりしないかな……っと！

「発射ぁっ！」

かざした杖から、いつもの光の奔流を解き放つ。

チャージ時間こそ全力には遠く及ばないものの、大きく伸びた最大ＨＰにより威力は充分なはず。

せめて、相手に大きな打撃を。

そんな想いで解き放った攻撃は、なんと突如として現れた障壁に防がれた。

なんとか叩き割りはしたものの、騎士のようなオーガによって余波も含め完全に凌がれてしまう。

「っ……！」

まずい。

相手に打撃を与えるどころか、無傷で終わってしまった。

そうなれば、今度は向こうの番とばかりに反撃が飛んでくるのは避けられないわけで……。

ええい、止むを得ん!!

背に腹は変えられない。

ここからノータイムで繰り出せて、相手の体勢を崩すことができる方法なんて。

もう、手札の中には一つしか残っていないんだ。

大きく、息を吸って。

「がおーーーッ！！！」

全力、全開の雄叫び。

超高確率のスタンという触れ込みは伊達ではないようで、見事なまでに敵全員が硬直したのが見て取れた。

顔が熱く感じられるのを意識しないようにして、ポーションを服用する。

おばあちゃん特製の、中級ポーション。消えかけていた体力が、半分以上回復した。

相手の防御手段は非常に強力だったけれど、表示されたレベルはトントンだった。

……と、いうことは、流石に何度もあそこまでの防御は発揮できない……はず。

カナからも教わっている。

同レベルの相手と本気でやりあうなら、最終的には切り札を通しきった側が勝つって。

決め技と、それを防ぎうる技との重みは同程度。

つまり、【聖魔砲】による超火力を凌いでは見せても、次の一撃を防げる可能性は低いっ！

……というか、そうであってくれないと、もう勝ち目がないんだよね。

今度こそ出し惜しみは必要ない。正真正銘、最後の綱。

「【ＧＡＭＡＮ】」

初期の頃からずっと使い続けているスキルに、今回も最後を託そう。

ギリギリまでダメージを溜め込んで、最後に渾身のカウンターで倒しきる。私の常套手段！

キッと睨み付ける私に対して、サムライのオーガがニヤリと口角を上げた。

素早い踏み込みのもと、渾身の一太刀を浴びせられる。

予想を遥かに上回る威力に、思わずよろめいた。

すかさず、魔術師っぽいオーガがかざした杖から、追撃の炎がほとばしる。

避ける手段も無く、紅蓮の炎が私に襲いかかった。

激しい熱を感じると共に、猛烈な勢いでＨＰが削られていく。

出血に続き、燃焼までが追加された私の体力の減りは、もはや止められそうにない。

「……っ」

潮時、か。

これ以上は、もたない。

炎に身を包まれながらも、溜め込んだエネルギーを解き放とうと。

その、瞬間だった。

「グオオオオオオッ！」

耳をつんざくばかりの大音量が響き渡り、空気がビリビリと震える。

私の、形ばかりの叫びとは比較にならない。

野生を全解放した、真の【咆哮】。

心臓が握りつぶされるかのような圧力に、放ちかけていたエネルギーが押さえ付けられる。


ほんの、一瞬だけ。数秒にも満たない、僅かなタイムロス。

しかしそれは、何よりも重かった。

「なっ……!?」

いつのまにか展開されていた足もとの魔法陣から、突如として何本もの鎖が飛び出す。

不気味な光を放つそれが瞬時に私を縛り上げ、あらゆる行動を許さない。

魔力で構築された鎖の持続時間はそう長くなく、ほんの数秒程度で解放された。

——けれど、もう遅い。

ダンっと強く地面を踏みしめ、飛び込んでくるオーガのサムライ。

迫りくる真っすぐで綺麗な太刀筋を、私はただ睨みつけるしか出来なくて。

このゲームを初めて、七日目。

通算五度目の敗北は、今まででー番苦いものだった。

――ポーン
【『悪魔』の称号を修得しました】

◇◇◇◇◇◇◇◇

「くっそーー!!　負けたぁ!!」

神殿に入るなり、思わずそう叫んでしまった私。

微笑ましいものを見るような視線が、四方から突き刺さった。

たははーと苦笑しながら、とりあえず神殿を出る。

周囲にそこまで人が居なくなったところで、先ほどの話題に戻った。

「……悔しい」

『ドンマイ』

『ナイスファイト』

『結構惜しかったね』

『ガマン入ってれば勝てたかなぁ』

「うーどうだろう。まだ向こうは余力あった可能性もあるからねぇ」

『聖魔砲を防いだやつか』

『俺らも見習いたい連携だったよな』

『わかる』

『聖女サマ相手に前に出る騎士偉い』

『司祭？　そんな感じのオーガが使ったバリアも凄かったね』

「あれは的確だったねぇ。反撃に対して完璧に備えてたって感じ。最後【GAMAN】を使おうとしたけど、あれも正直なところ、追い込まれて止むを得ずって感じだったし」

そもそもとして戦闘前から消耗しすぎていた……というのは間違いないが、やっぱり相手も強かった。

万全だったら圧勝できたかと言われると、正直わからないだろう。

結局、手札を全部暴けたかどうかすら定かではないしね。

『最後のあれも凄かったね』

『本場の咆哮をみた』

『真の咆哮』
『がおーこそ正義だろ何言ってんだ』
『がおー観られて嬉しかったです』
『ご馳走島でした』

「うああ止めろぉ！　私の咆哮スキルについては触れるな！　そして煽りで誤字ってんじゃない！」

『(ﾟ・ε・)「ガオー」』
『(ﾟ・ε・)「ガオー」』
『(ﾟ・ε・)「ガオー」』
『(ﾟ・ε・)「ガオー」』

「……良いよ。炎に焼かれるか、はんまーでぶっ飛ばされるか、聖ビームで撃ち抜かれるか選ばせてあげる」

『草』
『しれっとトウカを交ぜるなw』
『【悲報】ユキの脅し文句にトウカハンマー追加』
『これはトウカちゃんもにっこり』
『それにしても、最後の鎖何だったんだろうね』

『移動阻害無効なのに効くん？』

「あー。それはあれじゃないかな。多分、【移動阻害】と【行動阻害】は違う……みたいな。司祭オーガの補助スキルっぽいんだよねぇ。短時間とはいえ行動を潰されるのは本当に痛かった」

『なるほどな』

『そりゃそうだなw』

『行動阻害すら無効化したら強すぎる』

『それすらできるようになりそう』

『→わかる』

『バインドスキルはまだあんまり公になってないんだっけ』

『アレほどのものは発見されてなかったはず』

『ほへー』

『相変わらずの新情報提供者だなぁ』

「新情報と言えば、私についてた状態異常確認した人いる？　なんかね、刀で切り裂かれた時、見たことないもの付いたんだよね」

『あー、紅いエフェクトのやつね』

『ＨＰバーの横になんかあったのは覚えてる』

『出血だっけ』

『出血やね』

『これこそ新発見要素のはず』

『効果はＨＰ減少かな？』

『毒と似たタイプかねぇ』


「多分なんだけど、毎秒１％ずつ減ってた気がする。んーーー悔しいなぁ！　まだもうちょっと、うまくやれた気がするよ」

【守護結界】のチャージができていれば……。

いや、せめてＨＰが最大で戦闘開始をできていれば、また違ったかもしれない。

まあ、言い訳しても仕方ないけどね。次は必ず勝つよ！


……さて。

……そろそろ、触れないとだよねぇ。

「えーっと実はですね。……あんまり報告したいことじゃないんだけど、戦闘終わりに一つインフォがありまして」

『お？』

『ほう』

『おー』
『なんか祭したｗ』
『態度が物語ってるねｗ』
『これは期待』

「……称号、【悪魔】が入りました」

『は？』
『なんでｗｗ』
『いや草』
『嘘やんｗｗｗ』
『ｗｗｗｗｗ』
『悪魔ｗｗｗｗ』
『運営さすがすぎる』
『これは神運営』
『そりゃ敵からすりゃ悪魔だよなぁ』
『それはそうだけどｗｗｗ』

「いや、流石に酷いと思わない？　負けて悔しいって思った瞬間のインフォだよ!?」

『面白すぎ』

『一生推せるわ運営』

『追い撃ちかけるとかわかってんじゃん（』

『いや、でもなんで今なんだろうね』

『負けてなお称号をもらう女』

『負けて悪魔になる女』

『いくつ伝説つくれば気が済むんだ』


「視聴者さん達まで追い撃ちかけるの酷くない⁉　分かってたけどさ！　それと、別に悪魔になったわけじゃないしっ！」

『間違ってもないでしょ』

『さっきの戦いとか、どっちがモンスターかわからんかったよね』

『わかる』

『フィールドボス　ユキ』

『【速報】ユキはボスエネミーだった』

『w』

『因みに、効果はあるん？』

「流石に魔物なのは明らかに向こうでしょうがぁ!!　現実逃避しすぎて、まだ効果は見てないんだよね。今もう共有しちゃうか……」

称号：悪魔
効果：一部のＮＰＣ好感度に補正　迚ケ谿願?譚。莉カ
説明：一勢力から恐怖と破壊の象徴的存在と認識された者の証。力無き者は名前を聞くだけで震え上がるという。

「予想以上に酷いっ!?」

『おおう』
『お?』。
『恐怖と破壊の象徴』
『魔物に恐れられすぎでは?』
『大体、砦と虐殺のせいな気がする』
『文字化けしてない??』

『わかる』

『？？？』

「あれ、ホントだ。文字化けなんて初めて見たな」

好感度補正の隣。何らかの効果説明が書いてあるとはおもうんだけど、文字が変なことになっている。

コメント見ている感じだと、皆も困惑しているみたい。


『バグかな？』

『バグとかあるの？』

『どうだろ』

『未実装説』

『まだ実装されてない内容とかw』

『ありそう』

「あ、それもありうるのか。ここの運営さん、狙ってるみたいな早い対応するし。直ぐに直らなかったら、まだ非公開～って感じかな？」

なんとなくだけど、バグとかエラーとかそういう類では無いと思うんだよね。

未実装っていうのもピンとこなくて。

なんかこう、今はまだその時ではない……伏線ってやつか。そんな印象を受けた。

……しかし、【悪魔】が伏線って、碌でもないことになるような予感がするんだけど……まあ、考えても仕方ないか。

「さて、と。デスペナあるし、今日は終わっとこうかなぁ」

『せやね』

『経験値無しもそうやけど、ステ半分はキツ……きつい？』

『うーんｗ』

『凄女サマ、半分でちょうどくらいなのでは（』

『ヒント：ジャイアントスパイダー』

『ま、まぁ休養も兼ねてね』

『夜はやらない感じ？』


「そうだねー。あんまりお勉強できてないし」

『ずっとインクリやってるもんな』

『レベル40は伊達じゃない』

『脳筋凄女サマの勉強、想像しづらいな』

『ま、まぁ外見だけは優等生系ですし』

『外見だけは清楚系なんだよなぁ』

『なお行動』


ちょっと油断したらすぐに好き放題言い始める視聴者さんたち。

いつか本当に焼いてやりたいと思う。


『じゃあ、次の配信はメンテ明けかな？』


「ん。メンテ？」

何気なく流れてきたコメントの中に、気になるものがあった。

メンテ？　メンテナンスあるの？


『定期メンテだよ明日』

『午前からメンテ』

『いつまでだっけ』

『夕方までやね』

『公認のくせにメンテ把握してないのか（』

『勢女だからねしかたないね』

『セイジョのレパートリーを増やすなw』

『すべての免罪符：凄女』


「そっか。明日定期メンテナンスなのか～！　全然知らなかった。あー……。今調べてみたら、九時から十六時までみたいだね」

そもそも、公式サイトとか全然確認してなかったもんなぁ。

それにしても、メンテナンスかぁ。

じゃあまあ、明日は図書館にでも行って長めに勉強しようかな？

メンテが明けるのに合わせて、準備をしておけば良いだろう。

「それじゃあ、今日はここまで。また明日ね！」

◇◇◇◇◇◇◇

昨日、ゲームを終えてから。

いつものように食事とお風呂、勉強を済ませると早めに就寝。

そして今朝。早くから家を出ると図書館にこもって、最近滞りがちだったお勉強をみっちりと進めてきた。

現在時刻は十一時五十分。

さて、そろそろ……お、かかってきた。

「もしもし？」

『はろー。聞こえとる？』

「うん。ばっちり」

『よかったよかった。さてさて、いよいよやな？』

「あと十分くらいだね」

現在、インクリは第一回の定期メンテナンスの真っ最中。

九時に始まったそれは、十六時に終了する予定となっている。

けれど、十六時までなにもないってわけでも無いみたい。

正午。つまりこれから、アップデートファイルの配信と、それに並行して公式サイトが更新されるんだって。

メンテが明けると同時にログインするために、予めダウンロードしておく。

それが、まず今やっておくこと。

そして、わざわざ通話しているのにはこっちが本題。

これはカナの発案なんだけどね。

『そっちの準備はできとるん？』

「ん。告知もちゃんとしたし、公式サイトの表示もできてるよ。後はボタン押すだけ」

『オッケー。なにげに初めてちゃうか？』

「何が？」

『ほら。今までの配信って全部ゲーム内やったやろ？　声だけとはいえ、リアルで生配信するのは初体験ってわけや』

「あ、ほんとだ。言われるとちょっと緊張してきちゃうかも。ま、別に普段と変わんないさ！」

そう。配信。

始めは、カナと二人でアップデート情報を眺めるつもりだったんだけどね。

公認実況者でもあるんやし、生配信で視聴者さんと一緒に見たほうがええんちゃうか……っていうカナの発案から、ライブをすることになった。

『よし。じゃあ準備よしってわけで……開けてー』

「はい？」

『玄関。開けてー』

「ハァっ⁉」

あまりに唐突すぎる要求に、慌てて玄関まで向かう。

扉をあけると、にししっと笑うカナの姿があった。

「さんきゅー。おまたせおまたせ」

「いや待ってないし⁉　なんで今？　配信するんでしょ⁉」

「せやで？　だから来たんやんか」

ぽかんとする私に、ニヤリと笑ってみせる親友。

ビシっと指を付けつけると、彼女は高らかに宣言をした。

「さあ、突発的オフコラボや！　ほら、時間は無いで！」

◇◇◇◇◇◇◇◇

「はいはいみんなこんちゃー。ユキだよ」

『がおつー』

『がおつー』

『がおつー』

『(｢・ω・)｢ガオー♡』

『結構唐突やねw』

『告知見て飛んできました』

『アプデ速報配信と聞いて』

「そうそう。今日は突然だけど、正午から配信されるアプデ速報をみんなで見ようーって内容になります！　発案は私じゃないんだけどね。ってことで、どうぞ！」

「皆おおきにー。かなちゃんねる……じゃなくて、なんと今日はユキの部屋からやっていくでー」

「初めてのオフライン配信……ん？　配信してる時点でオンライン？　ま、まぁいいや。とりあえず、リアルのほうから配信してるよ！」

「主題はもちろん、公認実況者ユキによるアプデプレビュー！　まあ、特別早いわけでもなく、あくまで視聴者さんたちと同時に観るわけやけどな。ウチは、ユキの膝の上からチャチャいれる役や！」

『なるほどね』

『昔からそういう配信結構あったよね』

『パッチノートみながらいろいろ喋るやつね』

『そういえば公認だったなぁ』

『ガタッ』

『ガタタッ』

『膝の……上？』

『久々のカナユキきたー！』

『膝の上とかてぇてぇ』


「さらっとウソをつくな！　普通に隣に居ますから！　というか、カナのほうが私より大きいでしょ。どっちかといえば私が乗る側じゃないの⁉」

「ほうほうユキちゃんは私の膝の上を御所望と」

「言ってなーーーいっ！！！」

『草』

『仲ええなw』

『リアルの情報助かる』

『→元々体格はゲームでわかるでしょ（』

『インクリはリアル準拠だからね』

『一応変えられるし』

『まあ、ね』

『ここまで仲良いと映像ほしいな』

『そこは想像するところやで』

「映像は色々な意味で準備がね～。まあ、今後も期待しないでおいてもらえると嬉しいかな。さて、いきなり脱線しかけたけど、アプデ情報みていくよ！」

「ぱちぱちぱちぱちー」

気のない拍手（しかも声）を横から受けながら、パソコンの画面を操作。

もちろん、私が今見ている画面は配信上に共有されている。

えーと。新着情報、新着情報……あった！

『アップデートの詳細について』と題された記事を選択し、表示。

「おーー。結構あるね。えーっとまずは……レベルキャップの解放。50から60に」

「え、レベルキャップ存在してたん？」

「そうみたい。全然知らなかった」

『誰も届いてないしな』

『あったんだw』

『今一番高いのどれくらいだっけ』

『45行ってた気がする』

『バケモンかよ』


「上には上がいるって感じだね～。次行くよ。……えーと。職業、称号、技能の追加。詳細はご自身の手で探し出してみてください」

「ほーー。早速増やすんか。職業までってのが意外やったな」

『アレじゃない？　ユニーク系で文句上がったとか』

『MMOでユニークはありえないとか言う奴いそうだよな』

『それに対する運営の回答「ユニーク増やします」』

『草』


「まーあれだもんね。そもそも『無限の創造性』とかそんなんじゃなかったっけ。キャッチフレーズ。運営さんとしては、それぞれがユニークを見つけ出すくらいの気概で居てほしいし、またそれに応えうる準備をしてあるって感じなんじゃないかな。あくまで勝手な予想だけどね」

「やったらとフットワーク軽いしな。ありそうや。さて、次は？　S5エリアの実装。ドゥーバ南門を開放。おー！　もう開放してくれんのか！」

「え？　南門封鎖されてたの？」

「いや、なんで知らんねーん！」

『ウッソだろw』

『そういえば一回も南側行ってないもんね』

『だからってそんなことある??』

『一番最初の到達者なのに……w』


「む。皆知ってたのか……まあいいや。メンテナンス明けたら覗いてみよ。補足によると一気にレベル上がるらしいけど……まあなんとかなるでしょ」

「高難度になるってアレやな。聖都の南って国土がそのまま広がってるはずやのに敵強くなるんやな。そこらに住んどる人々どうなっとるんやっていうお約束は健在か」

『わかるw』

『RPGの最後の方に出てくる村人、最強説』

『ラスダン手前にある村の人員とかやばそうだよな』

『昔からのお約束だ』

『もうお前らで魔王倒せよってなるやつww』

「南に行くほど実際にあの世界の人たちも強くなってたりして。まあ実際は、それこそ神殿騎士さんみたいに魔物討伐の専門家みたいな人が護衛するんだろうけど。次行くよー。お。ワールドクエストが進行するんだって！」

「ほう？　オーガを始めとした一部の部隊が稀にこちら側に侵攻してくる。ってこれ、ユキが負けたやつらのことちゃうか？」

「ほんとだ。リベンジのチャンスかも。もし襲いかかってきたら迎え撃たなきゃ。次はもう負けないよ」

『やる気だ』

『リベンジに燃えるユキちゃん』

『いいね』

『オーガさん逃げて!!』

『あーあー悪魔を怒らせちゃった』

『悪魔に目を付けられるとかオワリでは』

『勢女な凄女だからな』

「ドサクサに紛れて煽ってんじゃなーい！」

「相変わらず人気やなぁ。さて、情報はこんなもんかな？」

カナの言葉通り、このページに載っている情報はもう終わりみたい。

なかなか濃いアップデートだね。初回から凄いや。

「さて、じゃあ配信は切り上げる？」

「んーーせやなぁ。メンテ前に用事済ませときたいところもあるかも……お？」

ちょっと短めだけど、取り敢えずは切り上げようかという話になって。

コメント欄でも、お疲れーと流れはじめた、その瞬間だった。


『【インクリ公式】ユキ様、お待ちを！』


一件のコメントが投下され、場が騒然とする。

突然の公式チャンネルからの発信。一体なにごとだと固まる私の目に、さらなるコメントが流れた。

『【インクリ公式】先行公開情報をお渡しします。メールを御覧ください！　視聴者様方も、どうぞチャンネルをそのままお待ちくださいませ！』


うそでしょ。

流石にフットワーク軽すぎない!?

あまりに唐突すぎる、運営さんからのコンタクト。

受信ボックスをみてみると、確かに一件の新着メールがたった今届いていた。

カナに場を繋いで貰いつつ、中身を確認。

……ふむ。ふむふむ？　ほー。なるほどね。

「おっけーカナ。ありがとう」

「ほいほい」

「えーーっと。お待たせしました。今視聴してくれてる皆に、サプライズがあります。インクリ、未公開情報の発表ですっ！！！」

『お？』

『おー』

『これは』

『おーー!!』

『情報追加キター！』

『これは公認』

『運営フットワーク軽いなぁｗ』

『え、これ普通に流れ通りじゃないの？』

「いやー。本当にこれアドリブなんだよね。証明するものはないけど！　さて。じゃあ発表していくよ。まずは、直近のことから」

「因みにウチも当然知らんお話なので結構ウキウキしとんで」

「うふー。えーっと。発表。第一回公式イベントについてです！」

『おっ』

『おー！』

『今ここでかw』


「あ、もちろん。ここで発表した内容は、近いうちに公式サイトにも掲載されるよっ。……えーと、第一回公式イベント。バトロワ形式で行われます。ソロで専用フィールドに飛ばされて、最後の一人になるまで戦闘。スキルや称号、装備に制限はありませんが、後述のレベルダウンの分、アイテムのステータス要求値にはご注意ください！　とのこと。

エントリー開始は、明日。木曜日の正午から。ゲーム内のメニューに表示される専用バナーから申し込めます。締切は土曜日の正午なので、お気をつけて。

イベント中、レベルは30に制限。それを超えているプレイヤーは、申し込みの際にそのレベル分のボーナスポイントをステータスから引く必要があります。当然、ステータスが下がるのは大会中のみ。装備などの要求能力値には注意！　上位にはもちろん報酬あり。トップ10には特殊な特典もございますっ。


以上！　公式様より、第一回公式イベントについてのアナウンスでしたっ！」

『おー！』

『イベント情報！』

『これは公認』

『報酬気になる』

『レベル制限越えてたらそういう扱いなのね』

『特典ってなんだろう』

『称号とか』

『ありそー』

『安定よね』


「イベント情報に追加ってところか。かーなり盛り上がっとるけども。……まだ、あるんやろ？」

そう言って、カナはニヤリと笑ってみせる。

非常にナイスなバトン渡しに、ナイス！　っと満面の笑みを向けた。

「えへへー。そうなのです！　カナの言葉通り。まだもう一つ、ビッグな情報があるのです！」

「なんや？　えらい勿体つけるなぁ」

「ふふふふ～～」

メールに載っていた情報は、二つ。

もう一つは中々に大きなものだったので、私もつい力が入ってしまう。

「では、二つめ。なんとなんと、次回定期メンテナンスで、ギルド機能が実装されるみたいですっ！」

『ガタッ』

『ガタタッ！』

『ギルドかー!!』

『もう実装くるのか！』

『ギルド戦とかあるのかな』

『うおおお』


「同時に、詳細は内緒ですがギルドホームっていうのが解禁されます。ホーム内では、訓練場や生産用設備を配備したり、ギルドの専用ルームを模様替えしたりして楽しむことができる予定！　もちろん、いずれはギルド間の対抗イベントも予定されています。気の合う仲間を集めて和気あいあいと遊ぶも良し。イベントでの上位入賞を狙って猛者を集めるも良し。生産に特化させた職人ギルドを構築するも良し！　ギルドの活用方法はまさに自由。続報をお楽しみに！」

「ギルドイベントかぁ～。当然来るよなぁ。楽しみや!!」

『これはアツイ』

『ギルド探さなきゃ』

『凄女サマは作るんかなギルド』

『結構ノリノリで新情報公開してて笑う』

『これがアドリブって凄いな』

『お、同接十万越えた！』

『マジ？』

『うおーー』

『すっごw』

『おめーー』

「うおっ、ほんまやん！　凄いなぁ。唯一無二の新情報発信源ってことで一気に増えた感じあるね」

「かな～。えへへ。ユキです。ご新規さんも常連さんも皆きてくれてありがと～」

『凄女サマの配信やぞ』

『新規向けに説明すると……凄女』

『凄女だな』

『猪突猛進で勢女で凄女です』

『最近悪魔にもなったよ』

『悪魔であり凄女でもあるのか……』

『なんだその存在（困惑）』

「あ～～ん～～た～～ら～～!!」

全く。本当に油断も隙も無いなっ！！！

◇◇◇◇◇◇◇◇

「はーい。みんなこんにちわー。メンテナンスも明けたし、早速だけど配信していくよ！」

『がおつー』

『がおつーー』

『(ﾟ・ω・)「ガオー♡』

『がおつー』

『やっぱり視聴者増えてるね』

『昼の効果か』

『今日は予定あるん？』

「かな？　んーと。まずはアプデの後だし軽く情報収集かな。その後、S5エリア覗いてみたいなーって思うよ」

『いいね』

『技能とか増えたんやっけ』

『情報収集大事』

『これがまた魔改造を生む……』

『凄女サマはどこまでゆくのか』


カナと話したことなんだけれど、もし仮に増えた技能の中に習得条件を満たしていたものがあったとして。ログインした瞬間に増えるってよりは、一戦闘くらいこなした後に覚えられるんじゃないかなぁーと。

まぁ、あくまで予想だけどね。

取り敢えず、情報収集……神殿にちょこっと顔を出そう。


御馴染みになってきた、聖都ドゥーバの神殿。

もはや顔パス状態なそこを、奥へと進んでいく。

いつもの部屋に赴くと、グレゴールさんが待っていた。

軽く互いに挨拶をして、話を始める。

「……また一つ大きくなられたようですね」

「そうですか?」

「ええ。佇まいから分かるものです。この分なら……もしかするかもしれませんね」

どこか含みを持たせるような様子で、グレゴールさんが話す。

ん。この感じ……なにか新しい情報きそうだね?

「まだ、お伝えしたことは無かったはずです。……古い文献には、神に仕える者のみに許された、新たなるステージの存在が記されています」

「新たなる、ステージ？」

「はい。力を高め、天からの大いなる期待を一身に受けることとなった人。その者は、天の御使い……【天使】の名を神より授かる……と」

ほえー。天使。また御大層な名前が出てきたね。

これは新称号……いや、新たなステージって言ってるし、職業かも。

「天使……ですか」

「神の代行者として、天より授かりし力を振るう至上の存在。ユキ様がその境地にたどり着かれた暁には、間違いなく史に大きく名を刻むこととなりましょう」

そう締めくくり、にこやかに微笑むグレゴールさん。

初めて出会った……連行された時に比べたら、ちょっと表情も言葉も柔らかくなった気がする。

……でも、大丈夫なのかな。

つい昨日、悪魔とかいう、いかにもヤバイ称号もらっちゃったところなんだけど。

第五章　アップデートと新装備

「さて。アプデ明けの新エリア。気になっている人も多いと思うし……。ここからは、S5エリアを探索していきましょー！」

『おー』

『88888』

『いいね』

『広がっているのは平原なのか』

『平原よく見るなぁ』


「いやまぁ、首都のすぐ南なわけだし、この先にも街とかあるんだろうしね。いきなり森とか山とかあったらアクセス悪すぎるよ！」

多少なりとも整備された街道が、平原を真っ直ぐに伸びている。

この道沿いに進めば次の街に着く感じかな。

なんとなく、道からは少し外れたところを進んでみよう。

同じ平原でも、主要な道沿いよりはエネミーも出てくるかもしれないし！

そんな考えが功を奏したのかはわからないけれど、間もなく魔物を確認できた。
一言で言い表すならば、物凄く大きな亀。
巨大な甲羅の高さは、私のお腹くらいまで届くんじゃないだろうか。

名前：アイアンタートル
LV：40
状態：平常

「わーお」
『次は亀か』
『割と王道だな』
『ファンタジーの定番、巨大亀』
『レベル高っｗ』
『えぐいな』
『高難易度は伊達じゃないってか……』

「予想よりレベル高いね。これ、結構通れる人が限られちゃうんじゃ……」

むしろ、それこそが狙いなのか。はたまた街道を通っていれば安全なのか。

まあ、そこを検証するのは私の仕事ではないだろう。

まずはこの亀をどうするか……と言っても、決まってるね！

「【充填】……守護結界はまだ使わなくて良いかな。一気に決めちゃおう！」

レベル40。けれど、所詮は雑魚敵という存在。

であるならば、威力は５０００もあれば充分かな？


ズン、ズンと音を立てて、歩み寄ってくる巨大な亀。

その動きは、見た目相応に非常に遅い。

チャージ完了まで五十秒弱の時間が必要だけれども、この分なら……ッ！

「ぎゃっ!?」

ピシャーンッ！　という破裂音と共に、一筋の雷《いかずち》が迸った。

慌てて確認したＨＰは、恐らく今の攻撃では一割も減っていない。

危なかった。ちょっと油断していた。

見た目で判断しちゃいけないね。レベルは40もあるんだ。

今度は予兆を逃すまいと、じっと亀さんを見つめる。

……よし。もう充分だね。
「行くよっ！　てぇぇい！」
アイアンタートルに向け、杖を突き付ける。
相変わらず重いけれど、ちょっとずつ馴染んできた相棒。
そこから、強烈な光線が放たれた。
ぐいぐいと、白いビームが巨大亀に迫る。
今にも到達しようとした瞬間に、奴は全身を硬い甲羅の中に引っ込めてしまった。
……大丈夫。亀がピンチの時、甲羅に隠れるのは織り込み済み。
それを見越した上で、高めの威力に設定したんだっ！

――カァァン！

「え」
いかにも堅固そうな甲羅に光線が直撃した瞬間、甲高い音が響き渡る。
予想と異なる音に思わず硬直した瞬間、また一筋の落雷が私に襲いかかった。
光が収まった先。悠然と佇むアイアンタートルの姿が確認される。
信じがたいごとに、そのＨＰバーはピクリともしていない。
……うん。これは……そうだな。もう手は一つしか無いかな。

「て、てったーーーいっ！！！」

この瞬間。

非常に、ひっっっじょうに遺憾だけども。コメント欄は今日イチに盛り上がった。

◇◇◇◇◇◇◇◇

「ふ～～～～」

後方への転進を決意した私は、亀さんの鈍さも相まってなんとか無事に門までたどり着いていた。

敗北でも後退でもないよ！　転進しただけだから！

さっきのセリフ？　知らん！　空耳じゃない？

あれ。これってなんのネタだっけ。まぁいいか。

ともかく、油断はしていないつもりだったけれど。何処か無意識で甘く見ていたのだろう。

ＨＰの半分ほどを使った攻撃が無効化されたことで、私は仕切り直しを選んだ。

多分、この判断は間違っていない。

「……流石にノーダメージはびっくりしたなぁ」

『防御全振りかね』

『極振り対決じゃん』

『いや草』

『魔物と人間を一緒にしないでもろて』

にげたw
www
敵前逃亡w
にげるなw
フォームはキレイ
にげんなww
www

『いやでも凄女ですし』

『いやでも悪魔ですし』

『ｗｗｗｗ』

『音的に、バリア的な何か？』

『守護結界みたいな類かも』

『シンプルに防御力が高すぎるだけって線もある』


「防御だとしたら、【ＧＡＭＡＮ】で貫通できるかな。防御力や守護結界的なものによるとすれば、最大の威力まで持っていきさえすれば魔砲でもいけるかも？」

耐久値が定まったバリアならばそれを上回れば良いだけ。

防御力としても、一万を超える威力ならば貫けるかもしれない。

一番の問題は、甲羅にこもったとき無敵になるって場合かなぁ。

まあでも、何となくそれはなさそうなんだよね。

こんな平原で無敵の亀さんとか出てこられても……いや、むしろそれがギミック扱いってことも有りうるのか。

「まあいいや。とりあえず次の方針としては、一切出し惜しみ無しにすれば勝てるか試したい……ってところかな。ＨＰ１になるまでチャージして、【守護結界】も切っちゃって万一の備えはそれに任せる感じ！」

『ボス余裕で倒せる構えで草』

『ガチだ』

『逆にこれで無理なら諦めつくもんな』

『守護結界がＨＰ消費のリスクをカバーしてるの強すぎる』

『ＨＰ１なのに一万ダメージ与えても倒せないとかマジ⁇⁇』


言葉にすると、確かに異様な硬さが際立つよね。

守護結界が残っている状態なら私の実質ＨＰ２４０００くらいだよ。これは凄いや。

「多分だけども、あの亀さんＨＰ自体は低いはずだから。後は、防御を突破できるかどうか。いっくよー！」

『まあレベル40だもんなｗ』

『圧倒的耐久特化』

『耐久特化ＶＳ耐久特化』

『いや凄女サマはもはや別のなにかだろ』

『生物ＶＳ凄女』

『いや凄女ナニモンだよｗｗ　わかるけど（』

『わかるんかい』

『わかるわ』

『わかるよな』

「よし今からあの亀を視聴者さんたちだと思って粉砕してくるね」

『おいやめろ』

『亀さん逃げて!?』

『これは酷い八つ当たり』

『マジで逃げてくれ亀』

『足取り早くなってて草』

い、いや流石に冗談だから。早足になっているのは、とっとと亀を倒したいから。

決して、モヤモヤしたものをいち早くぶつけてやろうとかそんなこと考えているわけじゃないよ。

うん。

誰にともなく言い訳をしているうちに、さっきの地点に到達した。

前方には、やはり亀さん。

名前：アイアンタートル

LV：40

状態：平常

同じ存在である確証はないけどね。一旦消えて、別の亀が出て来ている可能性もある。ゲームの世界では、これをデスポーンとリポップって言うらしい。

けど、なんとなく。

この亀さんはさっきと同じ子なんじゃないかなーって思う。

リベンジしたいだけだろって？　いやいや、さっきはそもそも負けてないからね。


近づく前に、【守護結界】を起動。

これで保険は万全。あとは、じっくり時間をかけて最大まで充填をするだけ。

まだ亀さんにとっては探知範囲外であるらしい。

とりあえず、しばらく様子見をして……。


よし、80%。そろそろ頃合いだろう。

ゆっくりと歩み寄ると、アイアンタートルもこちらを向いた。

まあ、大丈夫。

「気づかれてるけど、あいつは足が遅いから。チャージ完了までの二十秒くらい余裕で……ぎゃっ⁉

ちょっとっ⁉　そんなに射程長いなんて聞いてないよっ‼」
ピシャーンという音が響き渡り、雷が私に直撃した。
と言っても、身体を薄く覆うような結界が防いでくれたので、痛くはないんだけども。
『いや草』
『コントかよ』
『コントじゃん』
『急に小者臭醸《かも》し出し始めたのなんなんだw』
『オーガ相手に威厳だしてた凄女サマはどこに』
『これはアカン流れでは』

「アカンくないし！　行くよ！　発射ぁ！」
好きに言わせておけば良い。言葉よりも結果で知らしめるのだ。
そんな勢いのままに放射した【聖魔砲】。
その威力、一万オーバー。
これで無理なら、いよいよ打つ手が限られてしまう。頼む、効いてくれ！
恐らく今まで見た中でなによりも太く、強大な光線。
山すらもえぐり取りそうなビームが、真っ直ぐに亀に突き刺さる。

早々に甲羅に籠もり、盤石の構えを見せつけるアイアンタートル。しかし。

光の消えた先に、その姿は跡形も残されていなかった。


『うわぁ……』

『凄女さまマジ凄女さま』

『破壊の化身じゃん』

『後ろの森がごっそり削られてるの笑うんだけど』

『ほんまやｗｗ』

『一撃で森消し飛ばす聖女がいるってマジ？』

『凄女サマですから』

『これは悪魔』

『今日からおまえ破壊神な』


「なんとでも言うといいさ！　私は亀さんをちゃんと倒せてご機嫌なの。あっはっはっは……

【これまでの行動経験により『ドレイン』を修得しました】

……は？」

ちょっとまって。ドレイン？

すっかり油断していたタイミングでのアナウンスに、思わず間抜けな声が出る。

慌ててウィンドウを開いて、詳細を確認。
もちろん、共有……可視化も忘れていないよ！

技能：ドレイン
効果：直接手で触れている相手を対象。ＨＰを奪い取り、自らのものとする。威力は自身の最大ＨＰの５％と控えめだが、クールタイムも相応に短い。闇属性。
条件：【悪魔】として戦闘に勝利する

やっぱり【悪魔】仕事してるんじゃんかーーっ‼
「こ、これは……良いのかなぁ」
『悪魔めっちゃ仕事してて笑う』
『煽りと言わんばかりの条件表記』
『ここぞの時だけ条件開示してくるよなぁｗ』
『今一番欲しいスキルじゃん』
『威力は控えめ（６００程度）』
『えっげつないいんだよなぁ』

『でも大丈夫？　教会追放されたりしない？』

『異端審問』

『魔女狩り』

『まぁ聖職者として悪魔はアカンよな……w』

「待って。所詮は称号だから。それに、あくまでゴブリンたちにとってそう思われてるってだけでしょ。だいじょーぶだいじょーぶ」

……多分。

『おい声震えてんぞ』

『天使になれたら大丈夫では？』

『なれそうな雰囲気だったしね』

『最後の綱みたいになってて草』

『蜘蛛の糸かぁ』

『それ最後切られるけど大丈夫そ？』

『堕天使（ボソッ』

『おいやめろw』

「まあ、これから亀さんにも同じこと思われるかもしれないけどね！」

杖を一旦しまって、更に街道を進む。

標的はもちろん、アイアンタートル。

防御力を無視して攻撃できそうな技を折角覚えたんだから、試さないわけには行かないよね！


とことこと突き進んでいくと、二匹目の亀を発見した。

アレだね。これまでのエネミーと違って、ちょっと出現頻度が少ない気がする。

数が少なめな代わりに、ザコ敵の割には強い……って感じなのかもしれない。

「【守護結界】はまだ10000あるし……うん。いけるね」

杖をしっかり握りしめて、じりじりとアイアンタートルとの距離を詰める。

亀に対して遅い遅いってさっきから散々言ってきたけど、よく考えたら私も大概じゃん。

こちらをじっと見詰める亀の眼が『おせーよ！』って語っているように見えるのは気の所為……だよね？

定期的に降ってくる落雷は、全て結界で受け止める。

耐久力にも余裕があるから。最短距離で詰めていくよ！

「よし。あとは直接触れて……ふみゃっ⁉」

至近距離まで近づいて、ほっとした瞬間だった。

そーっと伸ばした腕に、突如として強烈な衝撃が走る。

甲羅に引っ込むと思っていた亀さんの首が、にゅっと伸びて噛み付いてきたらしい。

してやったりといった表情に、思わずムッとなった。

『いやｗ』

『油断大敵ｗｗ』

『窮亀、凄女を噛むって言ってな？』

『ｗｗｗ』

『いまふみゃって言った？』

『猫かｗｗ』

『毛を逆立てる姿が幻視された』

『可愛いね』

「やかましいわーーー！！【ドレイン】っ!!」

掻い潜るようにして接触させた手を首元に触れさせ、【ドレイン】を発動。

一瞬の強い光と共に、アイアンタートルのＨＰがごっそりと削られた。

大打撃を受けることなど予想もしていなかったのか、驚いたように首を引っ込める亀さん。

「そっちの方が、好都合なんだよねっ！」

試せるからね。相手の防御力を無視できるかどうか。

食らいなさい。甲羅の上から……【ドレイン】！

接触面から強烈な光が溢れると同時に、何かを吸い取るような音が響き渡る。

アイアンタートルの体力はみるみるうちに減少していき、呆気なくその姿が消滅した。

「……うん。これ最高っ！」

『うわぁ』

『えっげつねぇ』

『威力は控えめ……どこが??』

『マジでユキに持たせたらあかんやつ』

『防御貫通はえぐい』

『射程がゴミなのが救いか……?』

『ユキの対策……触れてはいけない』

『触れられると死ぬもんな』

『何処のウィルスですか???』

『完全に腫れ物と化してて草生える』


【只今の戦闘経験により、『闇に触れし者』を修得しました】


「ちょっとまって。コメントに紛れてなんか覚えたんだけど」

大量に流れる視聴者さんたちの反応に、しれっと紛れ込んだインフォ。

あまりにひどすぎるコメントに釈然としない思いはあるけれど、まずはこっちを確認しようか。

いつものようにウィンドウを操作し、修得したものを共有化する。
なんか、嫌な予感がするんだよね……。

称号：闇に触れし者
効果：一部のＮＰＣ好感度に補正。闇属性の威力が上昇。
説明：闇の技に手を出してしまった。しかし、この段階ではまだ触れただけである。深淵はまだまだ遠い。

『おいｗ』
『大丈夫なのかこれｗ』
『禁忌に触れたみたいな扱いになってて草』
『マジでやばない？』
『見た目ほどじゃない』
『俺も持ってるよ』
『闇属性一回使うだけで生えてくるから割と居る』
『名前はやばそうだけどな』

「……今わたし、初めて視聴者さん達が居てよかったと思ってるかも」

『おいｗ』

『ｗｗ』

『現金だなｗｗ』

『いつも提供側だもんな（』


「も、もちろん冗談だよ！　いつも楽しくやらせてもらって感謝してる。けど、そっか。みんなのコメント見ている感じだと、そこまで意識するものでもないのかな」

良かった。せっかく私のステータスに噛み合う便利なスキルを手に入れたのに、即座に封印しないといけないのかと思った。

問題ないなら、ガンガン使って亀さん倒していこうかな。むしろ、意識して沢山狩ってみようか。レベル40の強敵。きっと経験値も美味しいし、なによりドレインも使い続けていたら更になにか成長できるかもしれないしね！

イベントまで、残り日数はそれほど残されていない。明日は装備を受け取りに行くとして、取り敢えず今夜は亀さん倒し続けることにしよう。

そうと決まれば、話は早い。

途中ご飯休憩も挟みつつ、雑談しながらアイアンタートル狩りを続けることしばらく。

かなり慣れてきて、亀の懐まで到達するのもなんら苦ではなくなってきたところ。

ポーンと、不意に軽快な音が鳴り響いた。

なんだろう。さっきレベルは上がったばかりだから、それとは無関係だろう。だとすれば、新しい技能かな？

ちょっとした期待。それは、一瞬で冷や汗に変わる。


【これまでの行動経験により『闇に魅入られし者』を修得いたしました】


……おろ？　おろろ？

冷たいものが背筋を流れるのを感じながら、詳細を確認。

称号：闇に魅入られし者
効果：一部のNPC好感度に補正　迚ケ谿願?譚。莉カ　闇属性の威力が大幅上昇。
説明：立て続けに繰り返した業により、その手はすっかりと闇に染まってしまった。かろうじて踏みとどまるも、このまま突き進むも。全ては当人に委ねられている。

「…………き、今日はここまで!!　おしまい！　ありがとうございましたっ！」

ど、どうすんのーー⁉

◇◇◇◇◇◇◇◇

「あっはっは。なかなかおもろいことなっとんなぁ」

「笑い事じゃゃないよ～もう」

不穏な称号から逃げるようにして、ログアウトしたのはもう昨日の話。

今朝、早起きして色々と用事を済ませたタイミングで、親友から電話がかかってきた。

「いやまぁ、一回使ったら生えてきた称号なんやろ？　文言からしても、そりゃ多用したら派生してもおかしくないって」

「で、でも、みんなは大丈夫って言ってたもん！　修得してからちょこちょこ使ってる人も多いって」

「んー……新しい方の称号の文章、言えるか？」

「えーっと。たてつづけにくりかえしたごうにより……」

「そこや」

「え？」

「立て続け。つまり、連続で使いすぎたのがトリガーちゃうか？　どーせユキのことや。十回二十回連続で使い続けたんやろ？」

「……よくおわかりで」

「そりゃそーやわなぁ。普通の魔術師が色々な属性扱うならともかく。ユキの場合は、唐突に覚えた闇属性を取り憑かれたかのように連打したわけや。……うん。当然の帰結やな」

「そんなぁ。で、でもさ！　一属性極めてる人だって居るでしょ！　だれも指摘してなかったよ？」

「そりゃー……こんな面白い未来が見えてて、わざわざ言うリスナーがおると思うか？」

「あぁ……」

がっくしと仕草を見せると、カナがにししと笑う。

むぅ。自業自得と言われればそこまでだけどさ……！

「ま、気にするならなるべく使わんほうがええやろうな。別にええんやで？　このまま闇堕ちしても」

「やだー！　教会追放とかいうコメント見て怖くなった」

「それはそれで配信者としては最高のネタやん」

「そういう問題じゃないっ！」

「あっはっは！　……あ、そうや。シークレットアプデの噂、知っとるか？」

しーくれっと？

全く心当たりがなく、首を傾げる。

「パッチノートには載ってなかったんやけどな。どうもこれまでと違って、アプデ明けてから技能や称号の修得タイミングに制限がなくなったみたいなんや」

「……どういうこと？」

「これまでやと、レベルアップも技能修得やらも、全部戦闘の合間……戦いが終わったってタイミングでしか起こらんかったやろ？　それが、どうもいつでも起こるようになったみたいでな。流石にレベルアップは聞いたことないけど、技能や称号は戦闘中に身についたって報告がちらほら上がっとる」

なるほどねぇ。

確かに、これまでキリ良いタイミングでしか取得は無かった。

まぁ、だからこそ盛大に水を差されたり逆に盛り上がったりしてたわけだけれど……。

「そうだね。多少は驚くかもって感じやけど、そこまで大した変更点では無いわな」

「まぁ、プラスかマイナスで言えば、戦闘中でもなにか突破口が得られるかもしれないって点でプラスだし。……私の場合、戦闘中にズッコケさせられるってことになりそうだけど」

「……ユキはほんまに持っとるからなぁ。運営が逐一見てるんちゃうかって絶妙なタイミングでスキルや称号が生えてくる。毎度、それが面白いんやけども」

やられる側としてはたまったものじゃないけどね！

……まぁ、それで配信が盛り上がっている面があるのは否定しないけどさ。

「盛り上がると言えば、昨日の二十二時くらいに運営から声明出たんやけど、それはもう知っとる？」

「あー、昨日落ちてからは全然触ってないんだよね。何かあったの？」

メンテナンス明けだし、アップデート関連のことだろうか？

不具合で緊急メンテとかだと嫌だなぁ。

「ああ、バグとかでは無くてな。……ユニーク関連や」

「ほう？」

「ユキ自身の放送にもチラホラあったやろ？　ユニークスキルや装備への妬み僻みの類」

「んーまぁ、そんなに目立つ程ではなかったけど、多少あった気はするね」

普段から、コメントを全て拾えているわけでは無い。

大量に投げてくれるコメントの中から、はっきり意識して視界が拾うのなんてごく一部。

そこから反応するものなんて、さらに限られちゃう。

言われてみれば、プレイスタイルへの批判……指示？　まぁ、そういう類のコメントとかも、存在はした気がする。特に最初のほう。

そんなもの、意識せずとも見流しちゃうんだけどね。

「まー基本的にウチらの配信は平和そのものやからな。反面ってわけじゃないけど、公式にはちらほらクレームも飛んどるみたいやで」

曰く、

『ユニークアイテムなんて、ゲームバランスを崩す』

『MMOにおいて唯一性のものなんておかしい』

『一部プレイヤーへのえこひいきが激しい』

んーー。

その主張も、百パーセント理解出来ないってわけでもないけど……。

「正直、そのへんどうなんだろ。キャッチコピーとか昨日のアプデとか見る限り、ユニークむしろガンガン増やしていきそうだけど」

「それについて、運営がついにハッキリと声明を出したってわけや」

「ほほう」

「『Infinite Creation は、もう一つの世界。仮に異世界が現実に存在したとして、そこで第二の人生があったとして。ゲームバランス、平等性なんて言葉が貴方がたを護ってくれますか』……昨日の二十二時、公式サイトに出された声明や」

「……えぇ。それはまた」

「当然、賛否両論やな。まーどっちかというと肯定的なモンは意見なんてわざわざ出さへんから、批判殺到って言えるかも」

「……まぁ、そりゃ、そこまではっきり言っちゃうとねぇ」

「ウチはな、おもろいと思う。こんな一部に喧嘩売るようなスタイルでええんかって思いはあるけども、それだけ自信があるんやろ。実際、現地人はみんなリアルで、話すだけでも楽しいし、ゲームそのものも自由満載って感じで楽しいしな」

カナの言葉に、私もちょっと考えてみる。

確かに、あの世界は面白い。勿論、ひょんなことから個性溢れる職になっちゃって、想像の百倍上手くいっているってのもあるけど。

グレゴールさんや、薬屋のおばあちゃん。深く関わった人はみんな活き活きとしてたし、多分ほかの人たちもそんな感じなんだろう。

運営さんのスタイルも面白いよね。メンテナンスみたいな止むを得ない必要最小限のことを除いて、あそこはあくまでもう一つの世界なんだと。

「……私も、より一層もっと遊んでいきたくなったかも」

これからのアップデート内容も、どんどん世界のリアリティと自由度を高めていく方向になるのかな。

うん、楽しみだ。

「……おっと、そろそろ時間か？」

カナの言葉に時計を見る。時刻は九時五十分といったところ。

「……ほんとだ。じゃあ、話はここまでだね」

「イベント当日での新衣装お披露目、楽しみにしとるで！」

そう。新装備。

この三日間もあまりに濃かったから忘れそうになっているかもしれないけど、今日はついに納品の日だ。

フレイさんからも、満足いくモノが仕上がったという報告は受けているから、本当に楽しみ。

さーて。待望の新装備、一体どんな感じになっているのかな！

◇◇◇◇◇◇◇◇

「こんにちはー」

アジーンの片隅、フレイさんのお店。

そこの門の前で、私は呼びかけていた。

もちろん、配信はしていない。

前回訪問した時、配信NGだったからね。改まって打診でもされない限り、こちらからは一切触れないというのが当然だろう。

「はーい。ユキちゃんいらっしゃい。待っていたわ」

「私も、ものすっごく楽しみにしてました！」

「ふふ。最高のものが仕上がっているわよ」

本当に自信満々なんだろう。笑顔で迎え入れてくれた彼女の振る舞いは、どことなく誇りに満ちている。

まぁ、元々ふんわりながらも堂々とした印象はあったけどね。

雰囲気は優しいんだけど、間違いなくやり手。

フレイさんの印象は、そんなところだ。

店に上げてもらった私は、応接室に通され、向かい合う。

出された紅茶を頂き、場も温まったところで、彼女のほうが切り出した。

「さあて、早速だけど、お待ちかねの納品といきましょうか」

フレイさんはウィンドウを操作し、ぽんっと小包を机の上に取り出す。

そして、ススススっとこちらに差し出してきた。

今更だけど、このゲームにおける取引の仕方は、色々ある。

ウィンドウを介してアイテムボックス内のものをトレードすることもできれば、今回のように品物自体を直接手渡しすることもできるんだよね。

私としても、機械的な受け渡しよりもこっちのほうがワクワクして嬉しいかも。

ありがとうございます。とお礼を言って、一言断ってから開封。

ゆっくりと丁寧に包装を解くと、中から白と緑の衣服が顔を覗かせた。

「おおー！」

思わず感嘆の声を上げながら、そーっと持ち上げて広げてみる。

うん、凄い!!　まるでどこぞのご令嬢かのような高級感のあるワンピースドレス。

ふんわりとした生地で着心地も良さそう。

そしてなにより、軽い。

これなら、現実と大差ない筋力《STRO》の私でも、問題なく着られる気がする。

肩のところが出ているのは、いわゆるオフショルダーというやつか。

切り込みも入ってるし、なんだかちょっと大胆じゃない……？

「女の子にとって、肌は武器なの。あくまで気品を損なわない程度に、慎ましやかに見せていかないと」

「ふえー」

続けて、トレードの申込みが入った。

突然のことに思わずフレイさんを見てみると、彼女はにっこりと笑う。

「それと合わせて、奥で実際に着てみてもらえる？　……それとも、着せてあげようか」

「い、いえっ！　自分で着ますから！」

取引を承認して、逃げるように奥へと向かう。

実際に着るために服を脱ごうとして、気づいた。


いや、ウィンドウ開いて装備切り替えするだけじゃんっ！

◇◇◇◇◇◇◇◇

と、言うわけで……着てみた。

期待通りに着心地は良くて、とても素敵。

コルセットって言うんだっけ。初めて着るけど、見た目より全然苦しくないんだね。むしろ緑のリボンが可愛いや。

パニエって言うんだっけ。注文通り、全体的にふわふわっとした印象でまとめてくれている。

マントと併せてエメラルドと白のコラボネーションって感じがとってもいい。

自分で言うのも変かもしれないけれど、これは非常に似合っていると言えるんじゃないだろうか。

期待大、不安小といった感情で姿を現してみたところ、フレイさん大興奮。

記念と後々の資料のために写真を撮っても良いかって言われたので、恥ずかしいながらも許可を出すことにした。

いやまぁ、作成者は紛れもなくフレイさんなわけで。その彼女が撮りたいって言ったら断れないよね。

撮影しながら、この衣服のデザインについて解説してくれたところによると。

動きやすさと、さっきも力説されたささやかな露出を生み出すために、袖は七分くらいの肩開きシャツ、スカートも膝に届くか届かないか程度の長さとなっている。そこから黒いストッキングを履いてはいるから、下半身に露出があるわけではないんだけど。

緑のリボンをあしらった黒いコルセットにより細身に見せた上で、聖女としての包容や癒やしをめいいっぱいに表そうと、袖もスカートもふんわり。

反転色とかパニエとか色々説明してくれたけれど、これ以上は正直あんまりわかんなかった。

特に意識しないで着ていたけど、このタイプはプリーツスカートって言うのか。

細々と説明してもあまりピンと来ていない様子を察したのか、フレイさんもちょっと苦笑い。

ご、ごめんね。無頓着な女で……。

あ、でも、このふわっとなびきそうでそれでいて動きの邪魔にもならなそうなこの衣装。そこにちょこんとついている二色の四つ葉は、とても好きかも。

白いお花があしらわれた丸っこい帽子も合わせて、なんかこう……妖精さんにでもなった感じあるよね。

恰好だけ？　うるさいわっ！

……コホン。

さて、外見の仕上がりとしては充分。これだけでも依頼して本当に良かったって感じ。

だけど、やっぱりしばらく冒険を共にする『装備品』なわけだから、その性能も気になるところ。

さあ、お待ちかねのスペックは！

アイテム：天使のドレス
分類：全身鎧
性能：魔法攻撃＋20　物理防御＋75　魔法防御＋75　氷・聖属性耐性中　魔法による回復効果を大幅増強、魔法による攻撃効果を微増。
カスタム：ＶＩＴ＋50
説明：非常に質の良いマジックスパイダーの糸をふんだんに使って創り出された、天上のドレス。高い防御性能だけでなく、装備者の生命力をも向上させる。
【作成者：フレイ】

アイテム：翡翠のベレー帽
分類：頭装備
性能：魔法攻撃＋20　物理防御＋5　魔法防御＋15　闇・聖属性耐性小　魔法による回復効果、攻撃効果を微増。
カスタム：ＶＩＴ＋10
説明：フレイによって手がけられた、エメラルド色のベレー帽。装備者を護るようにという願いが込められている。
【作成者：フレイ】

おおおーー!!!!
すごい、すごいよ。これはっ!!

第六章　イベント開幕！

「うおー。やっぱり、ざわざわしてるね」

装備を受け取った日から二日後。

このゲームを始めてからなら、十二日目。

そう、第一回公式イベントの日だ。

無事に装備を手に入れたあの時から、実は一回も配信をしていない。

正確には、インクリの配信は……だけどね。


ゲームを始めたばかりの時は、伏せたい情報なんて何も無いって言ってたし、実際いまもそこまでガチガチになるつもりではないんだけど。

まぁでも、せっかくのイベントだし。

最後の二日位は、配信の外で準備というものをしてみようかなーってね。

それにほら。情報による有利不利だけじゃなくて。ちょっとは隠し札があった方が、イベントを観戦してくれる人たちも楽しんでくれるだろうって気持ちもある。

装備も、ステータスも、私にしては珍しく非公開。

大会が始まったらイベントに参加中の人は配信を観られなくなるから、そのタイミングで色々とお披露目だね！

さて、前置きはここらで良いだろう。時刻は十一時五十九分。

まもなく、予定通りならばイベントの開始となる。


【ワールドアナウンス】

【これは、ログイン中の全プレイヤーに配信されています】

【これより、第一回公式イベントを開催致します】

【カウントダウンの後、参加者の一斉転移が行われます】

【念の為、その場を大きく移動することなく、待機しておくようにお願い致します】

【三…二……一……】


カウントダウンが終わると共に、ちょっとした浮遊感。

これはあれだね。広場で転移を使う時と同じ感覚。

次の瞬間には、私は見たこともない岩肌の上に立っていた。

待ちに待った、第一回イベントの幕開けであるっ！

【第一回イベント『あっちもこっちも敵だらけ!?　生き残るのは誰だ！』が開始されました】

ああ、そう言えばそんなタイトルだったね……。

◇◇◇◇◇◇◇

「はいはーい。みんなこんちゃー。ユキだよ」

『がおつ』

『がおつー』

『(ᐢ・ε・)「ガオー」』

『(ᐢ・ε・)「ガオツー」』

『(ᐢ・ε・)「ガオツー」』

『待ってた』

『!?』

『衣装!!』


見慣れないフィールドに転移した私は、一先ず周囲を確認。

即座に襲ってくる人間は居ないっぽい……ってことで、予定通り配信を開始した。

「がおつーコメント、毎回進化してる感じがもうなんとも言えないよ……。と、とにかく、二日間も空けちゃってごめんね。さっそく来てくれてありがとう！」

まず最初に、ちょっとだけ期間を空けちゃったことへのお詫びから。

無言だったわけでもないし、他の内容の配信は多少していたとはいえね。

インクリだけを楽しみにしてくれている人も沢山いるだろう。

それに、実際は二日だけど……なんだか二週間くらい、このゲームの配信をしていない気分。

いや、そんなわけないいんだけども。それくらいに、ずっと配信をするっていうのが日常に染み込んでいたのかかな。

おっと、さっそく気付いて声をあげてくれている人がいるね。

「……そう。皆さんご覧あれ！　ついに、装備が完成したのです！」

カメラに向かって、ふわりと横に一回転してみせる。

ふふ。この服、やっぱりとても身体に馴染む感じがするよ。


『おー！』

『聖女だ』

『かわいい』

『清楚だ』

『似合ってる』

『いいね』

『外見だけは　せいじょだ』

『聖女の皮を被りやがった』

『すぐに正体現すよ』

「こらそこぉっ！　だーれが外見詐欺だ。焼き払うぞ！」

『いや草』

『そういうとこだろｗｗｗ』

『いきなり視聴者を脅し付ける聖女』

『聖女の圧政じゃん』

『これは凄女』


ある意味お約束のような、言葉の応酬。

うがーーっと怒ってみせるけれど。やっぱりこのやり取りこそが、私は一番楽しいのかもしれない。

温かくコメントを投げてくれている視聴者さんたちに、ほっと一息。

それにしても、今回はいつもより結構ご新規さんっぽいコメントも混じってる気がするな？

そんなちょっとした疑問は、視聴者さんたちの言葉によってすぐに氷解した。

どうやら、公式さんによる専用配信の他に、公認配信者として私の放送自体も運営サイドによって掲載されたり告知されたりしているみたい。

「だったら、いつも以上に恥ずかしいところは見せられないね！」

『おー』

『頑張れ』

『気合いを入れる凄女』

『この女。見た目こそは非常に聖女っぽいが……実態は悪魔なのである』

『凄女で勢女な聖女様だからね』

『今日は一体誰が犠牲になるのだろうか』


「いい加減に……しろぉぉおっ！！！」

　一秒だけチャージ。

振りかざしたバギーニャトロスティ《ちょっと重い相棒》から、光線がカメラに向かって放たれた。

ピシィ！　という音と共に、衝撃でカメラがゆらゆらと揺れる。


「あ、しまった。大人しく、しばらくは猫被っておこうと思っていたのに、思わず手が……！」


『草』

『ほんとそういうとこやぞ』

『前は、手までは出さなかったのにｗｗ』

『凄女っぷりが増しててほんと笑う』

『もっと撃って罵ってください』

『いきなり笑った。チャンネル登録したわ』
『何これ面白すぎる』
『※当チャンネルでは、これが平常運転です』
『マジかｗ俺も登録した』
『おい待て変なの湧いてるぞｗ』
『凄女で勢女な悪魔の沼にご新規様ごあんなーい』

初見ということで様子を見ていた人たちが、今の言葉の通りにポチッとしたのだろう。
怒涛の勢いで登録者数が増えていっていることが、視界の片隅に表示されていく。
私は杖を一旦しまうと、両手を腰にあて大きく頷いた。
「……ふふ。全て計算通りよ」
『嘘つけ』
『嘘だな』
『嘘ね』
『嘘よね』
『嘘だね』
『嘘は良くない』
『どう見ても嘘』

う、うるさーーい!!

「……コホン。と、とりあえず、気を取り直してイベントに向き合っていくよー」

イベントの始まりとしてはあんまりなスタートとなったわけだけれど、切り替えよう。

いつまでもグダっていてもしょうがないからね。

気合いを入れ直していると、不意にひとつのコメントが目に止まった。

「『結局ステータスはどうなった』……んーとそうだね。今のHPはこんな感じ」

名前：ユキ
職業：聖女
レベル：30
HP：10647
MP：0

ひょいっと見せた私のステータス欄に、コメント欄がまた一気に盛り上がる。

ふふふ。レベル30に制限されてなお五桁を維持できたのは、大きなインパクトになったみたいだね。

装備によるＶＩＴの増加が本当にありがたい。レベル30としてのＶＩＴは、６００に届かないといったところ。

あ、因みにだけど、本来のステータスだとＨＰは１５０００も超えたよ。凄いでしょ。

「『方針』んー……方針かぁ。どうしようかな。みんなはどうしてほしいとかある？」

『生存優先で』

『殲滅《せんめつ》』

『殲滅』

『殴り込み』

『徹底攻撃』

『芋無し』

『ひたすら攻める』

『キルポ稼ごう』

『おまえら』

『古参勢の連携がひどい』

『ＨＰ極振りだよな……？』

『耐久特化に攻めさせるのかｗｗ』

『え、この人ＨＰ極じゃないの？』

『そうだぞ』

『そうだぞ』

『大丈夫。ＨＰ特化の攻撃力特化だから』

物凄く活気付いてしまったコメント欄を、なんとか目で追っていく。

これはあれだね。見事に、ご新規さんかそうでないかで分かれてるね。

「あー……なんて言えば良いかな。攻めるってことに関してなら、充分可能だと思うよ。ただ、保《も》たない気がするんだよねー」

『ええ……』

『可能なのか』

『凄女サマだからね』

『凄女は有数のアタッカー』

『バトロワだとＨＰ保たんかー』

『一人倒すごとにＨＰかなり使うもんねｗ』

『アイテムとか落ちてるんちゃうの？』

『アイテム次第か』

「そっか、アイテムか！」

今回のレギュレーションでは、装備品と一部のアイテム（矢とか）以外は全面的に持ち込みを禁止されている。

回復や多少戦闘が有利になるアイテムなど、消耗品の類は全てフィールドの探索によって入手することが出来る……らしい。

まぁつまり、ポーションさえ見つけることが出来れば。

「ガンガン攻めていって良いってわけか。それになにより、数が減るすなわち私の順位が上がるってことだもんね」

それにそう言えば、撃破数でもランキング報酬が出るんだっけ。

うん。それならそっちも目指してみても良いかも？

そもそも、篭もり気味に戦うなんて性に合わないしね。

さーちあんどですとろい。ガンガン（ビーム撃って）いこうぜ!!

『脳筋の顔』

『凄女サマの顔になった』

『これはやらかしますわ』

『【朗報】神回確定』

『目に見えて張り切ってて草』

やらかさんわ!!

見ておれ。これから私の快進撃が……お？

気合いを入れて進み出そうとした瞬間だった。

遠目に、小さな影が見える。岩肌をゆっくりと、警戒するように進んでいるのは、間違いなくプレイヤー……参加者だ。

剣と盾を構えている……オーソドックスな戦士スタイルってやつかな。

「む、剣士か。そんな重装備って感じはしないし……10％くらいかな？」

ある程度まで近づかないと、意識しても相手の職業やレベルは表示されない。

だから、威力は本当になんとなく。まぁ、これでも過剰くらいだろう。

不安があるとすれば、事前に察知して避けられることだけど……。

うん。問題ないね。


充填している間に、向こうも気付いたらしい。

盾を前面に構えて、じわじわと距離を詰め始める。

顔がはっきりとみえたあたりで、一気に駆け出してきた。

私の装備から見て、先手必勝と判断したかな。

けどそれは、甘いと言わざるをえないねっ！

「【発射《ショット》】!!」

十秒ちょっとの充填を経て、私からの一撃が放たれる。

剣士さんは迫りくる光弾を冷静に盾で受け止めようとして――そのまま、呑み込まれて姿を消した。

「よし。まずは一人！」

『ひぃ』

『ひえー』

『やっぱりえげつなすぎる』

『悲報　対人でも凄女』

『これは反則w』

『何が起きた？？？』


一人を倒したことで、視界の右端に1という数字が表示され始めた。

なるほどね。ここでキル数を確認できるってわけか。

さっきも言ったけど、撃破数でもランキングは集計されるから……こっちも順位以上に大切。

「えっと、これが基本的な私のスタイルかな。HPの一部を消費して、それを攻撃力に変えるって感じ。一割くらい私のHPも減っているでしょ？」

初見さんも多いから。改めて説明というか、解説を挟みつつ。

私は次のえもn……プレイヤーさんを探しに向かう。

「報酬が出るのって、生き残れたかどうかとあと撃破数の二つだっけ？」

『最終スコアランキングもあるよ』

『キル数が多いほど上位な、撃破数ランキング』

『生存ランキングは、一番最後まで生き残った人から順番に順位付け』

『撃破数から、生存順位を基に加算された最終スコアによるランキングもある』

『最終ランキングが一番重要とかなんとか』


「……あ、そうだね、もちろん覚えてたよ！　さいしゅうらんきんぐ！」

『嘘だな』

『わかりやすすぎる』

『これはひどい』

『どーせあれだぞ。最後まで生き残ってたら最終ランキングも上がるでしょってノリで説明読み飛ばしてたやつだぞ』

『めっちゃありそうw』


「ち、違うし!!」

『?.?.?.』

『ほんとかな??』

『話しながら一人消すんじゃないｗ』
『作業のように二キルｗｗｗ』
『最終スコアに加算されるポイント言ってみ⁇』

……まあ、サクっと倒せちゃうもんは仕方ないよね。
今度は魔法使い風の装備だったから、７％くらいにしてみた。
「え、えーと……あ、ポーションめっけ」
『逃げるなｗ』
『おい（』
『露骨にカメラの方を見ようとしないのほんと草』
『なんでこの人カメラとバトってるのｗｗ』
『なんとかして正面の視界に入り込むカメラＶＳ意地でもカメラを見ようとしない女』
『ユキのカメラはマジで優秀なんよ』
『おいまた戦士が一人犠牲になったぞ』
『四人分の消耗がポーション一つで回復されて笑う』
「あーもうっ！　近いっ！」
びしっと、しつこく近寄ってきたところを軽く小突く。

くるんと回ったカメラさんは、少し離れたところで落ち着いた。

「……四キル、生存人数は百人以上」

何気なく、視界の片隅に表示されている情報を読み上げる。

視聴者さんたちに確認してみたところ、順位でポイントがつくのは百位から。

そこから、二十一位までが三点、十一位までが五点。六位までが十点で、五、四位が二十点。あとは順番に三十、五十、百という要領で加点されていくみたい。

これってどうなんだろう。結構参加者いるっぽいし、やっぱり上位を取るには撃破数も稼いでいかないとダメかな？


当然ながら、ゲームはまだまだ始まったばかり。

さーて。目標はでっかく、五位以内二十キルでやってみましょうか！

◆◆◆◆◆◆◆◆

俺はクロード。暗殺者《アサシン》だ。

所謂《いわゆる》特殊ジョブと呼ばれるものの一つを早々に引き当てた自分は、相当にツイていると言って差し支えないだろう。

ましてや、隠密行動を得意とし、一撃の攻撃力も申し分無いというこの特徴。

まるで、このイベントを優勝してくださいと神が言っているかのようにさえ思えてくる。

ただ闇に潜み、順位を上げていくだけでも悪くはないが……折角だ。

ジョブの特性を活かし、ひたすら暗殺に勤《いそ》しんでみようと思う。


目標は、ただ一つ。総合優勝だ。


さて、いともたやすく優勝を狙うとは言ったが、もちろんそれは容易なことではない。

最後まで生き残るのは当然として、撃破数でもしっかりと上位に食いこんでおかねばならない。

しかし、ここで問題がある。

暗殺者というジョブは、不意打ちにおける一撃の威力と、隠密能力に長けている。

だがその反面、多数を同時に相手することは非常に苦手なのだ。

優勝候補と称される面々と比べた場合、面制圧力……つまり、キルの能力で大きく劣ってしまうことが考えられる。

それは即ち、たとえ最後まで生き残ったところで、撃破数により逆転を許してしまいかねないということだ。

これに関して、俺には唯一の策がある。

稼がれる前に、殺《ヤ》る。

そう。キル数に差をつけられる前に、そうした範囲殲滅に長けた連中をこちらから屠ってしまうのだ。

そうすれば、最終ランキングで一位にくいこめる確率が非常に上がる。

幸い、こちらには暗殺という唯一無二の手段があるわけだからな。

いかに手早く、確実に優勝候補らを屠っていけるか。

俺の腕に全てがかかっているというわけだ。燃えるな。


さて、一言に猛者どもを狙っていくとは言ったが、具体的には何をターゲットとするか。

結論から述べよう。聖女と、魔王だ。

理由は非常に単純。相性が良い。

戦士系の職業でβの頃から有名な面々……例えば重騎士のドレンや侍のシグマといった奴ら。

彼らはきっと二つ名持ちとしての攻撃力だけでなく、前衛職に相応しいだけの耐久力を兼ね備えていることだろう。

それに対して、聖女や魔王に関しては後衛職業である。

殲滅力は凄まじいものを誇るだろうが、反面耐久性には欠けるはずだ。

対個人である限り、戦士系の相手であっても不意をつけば倒しきれるとは思うが……より確実なのは後衛組だろう。

ただの魔法使いであるはずが魔王とまで称されるようになったというその破壊力も、発揮できなければ意味が無い。

聖女の方は、少し不可解。

悪魔だの破壊魔だの殺戮者だのと、聖職者とは到底思えない二つ名が並ぶ。

まぁ恐らく、情報が錯綜しているのだろう。

やけに硬いという噂もよく聞くが、俺の個人的な分析ではこうだ。

魔法使い顔負けの火力を聖魔法により発揮し、また防御力に凄まじいバフを掛けることも可能という、極めて厄介な存在だと。


だがこれも、俺にかかれば全く問題は無い。

暗殺者のスキルを用い気配を完全に消すことで、先手は必ず打つことが出来る。

そして何よりも、俺の攻撃は貫通属性……つまり、相手がいくら防御力にバフを盛ろうが大した問題ではないというわけだ。

『凄女の耐久性はＨＰのゴリ押しだ』とかいう滑稽極まりない噂がとびかっているのが少しだけ気にはかかるが、それこそ荒唐無稽というものだろう。

聖女とかいうＴＨＥ後衛な職業で、盛ることが出来るＨＰなんて高が知れているだろうからな。

問題があるとすれば、俺の情報が古かったり間違っていたりしていることだろうが……まあ、そもそもサービス二週間。どうせ誤差の範囲だろう。


長くなってしまった。

要するに、優勝候補と噂される面々の中でも聖女と魔王は俺にとって狙い目。いち早く撃破しておきたいというわけだ。

彼女ら二人の配信を直接見たことがないというのは少し気がかりだが、条件は向こうも同じのはず。

相性が確実に圧倒的有利である以上、負ける理由もない。

迅速に、二人を撃破する。

広大なフィールドで例の二人を見つけることに関しては、何ら問題は無い。

なにやら、聖女は白い光を、魔王は猛烈な炎を。頻繁にその場から打ち上げるらしい。

それを遠目にさえ嗅ぎつければ、あとは迅速に忍び寄って終わりだ。


そうそう、あんなふうに……って、まさに噂通りの、空高く立ち上る光じゃないかっ！

どうやら、天は俺に味方しているようだ。

こんなにも早く、ターゲットのひとりを見つけることが出来るなんて。

さあ、申し訳ないが……聖女とやらには、俺の毒牙にかかっていただこうか。

「【隠蔽】【気配消去】【加速】」

スキルを多重発動させ、身体を透明化。

常時発動型の技能と併せて、完全に気配を消した。

大丈夫だ。確実に、やれる。

微かに自らの震えを感じてしまうのは、武者震いというものだろうか。

暗殺者という職業は、『急所を』『不意打ちで』『最初の一撃に』攻撃することで攻撃力がそれぞれ数倍にも膨れ上がる。

それに併せて、一定割合の防御を無視するという【貫通攻撃】。

後衛職が耐えきれるはずもない。

言い聞かせるようにして、聖女との距離を背後から急速に詰めていく。

彼我の間隔が二メートルを切り、短刀を握る手にぐっと力を入れた。

その瞬間だった。

「っ⁉」

バッと、まるで何かを感じ取ったかのように。

聖女がくるりとこちらを向いた。


まさか。気付かれた？

いや、そんなはずはない。

スキルによる隠蔽は完璧。気取られるなんて、起こりうるはずがない！

額に冷や汗が流れる中、加速された思考が聖女の動きを掴む。

信じられないことに、彼女は何かを察したか。回避動作に出ようとしていた。

「っ……だが、もう遅いっ！」

『不意打ち』は潰された。しかし、もとよりオーバーキルだ。

聖女は回避行動にこそ出たものの、その動きは鈍い。

回避は、させない。

「っ、ぁ!!」

腹部に大きく短剣が突き刺さった少女が、ふらりとよろめく。

殺《と》った。

俺が武器を引き抜くと同時に、彼女はガクっと膝を付いた。

そのＨＰを一気に減らして……減らして……。


——削り切れないっ!?


急速に減少していたＨＰバーは、三割を切ったところで停止する。

つまり、耐え切られたということだ。

まさか、そんな。

しかし、多大なリソースを使ってまで仕掛けておいて、ここで退くなどあり得ない。

激しい動揺を抑え込みつつ、追い討ちを掛けようと短刀を強く握り直した。

その、瞬間だった。


地面に片膝を付き、俯いていたはずの聖女《アクマ》の目が、こちらを射抜く。

彼女の手がすっとこちらに向けられると同時に、全身が総毛立つのを感じた。

俺は、手を出してはいけないものに手を出した。

それを理解したのは、溢れんばかりの光に全身を呑み込まれてからだった。

◇◇◇◇◇◇◇◇

「ふいーー」

イベントが幕を開けてから、もう早くも一時間以上が経過していた。

撃破数はひとつずつだけど確実に稼いでいて、ついさっき20を超えたところ。

一位ってことはないと思うけど、けっこう順調なんじゃないかって思うんだ。出会う相手は全て倒せているし。


一度だけ、ちょっと危ない戦闘があった。三人ほど連続で倒した後で、少し気を抜いていたところだったかな。

不意に嫌な予感がして振り向いたら、いつの間にか物凄い速さで敵が近づいてきていたんだよね。

何とか後ろに飛び退いて避けようとしたんだけど、あとの祭り。

腹部に思いっきり刺突を食らってしまった。

結構なダメージと、その後しばらくの間、上手く身体が動かなくなっちゃって。

幸い、反撃で倒すことは出来たし、他プレイヤーによる追い討ちも無かったから一安心。

しばらくのんびりして、また敵を探しに行って今に至る……というわけ。

ふよふよとわたしの周りを飛んでいるカメラさんが、何となく目に留まる。

うーん。なんだか暇そう。なんというか、インパクトに欠ける絵面になってそうだもんね……。

「よし。もっとなんかこう、盛り上がることをしよう」

『ｗｗｗ』

『急にどうした』

『突如気合いを入れ始める凄女サマ』


「いや、このままビーム撃ってるだけじゃ新鮮味がなくて、みんな飽きちゃうかもなーって」

『余裕で草』

『映えを意識する配信者の鑑』

『空回るとみた』

『もうすぐ転移だしとりあえずそれからで良いのでは』

『確かに』

「転移……あ、そ、そうだね！　うん勿論わかってた」

『嘘つけ』

『嘘だ』

『これは忘れてた顔』

『わかってた人は、わざとらしくアピールしないんやで』

ぐぬぬ。最近、視聴者さんたちが容赦ない気が……いや、元からか。

ともかく転移っていうのは、一定時間ごとにプレイヤーがランダムな地点に飛ばされること。

全プレイヤーが飛ばされるわけじゃなくて、事前に宣告された範囲の外にいる人間だけが対象。

次の戦闘可能エリア内のどこかに飛ばされる。


私はあまりゲームに触れてこなかったから詳しくないんだけど、この手のタイプのゲームでは、徐々に戦闘可能なエリアが狭まっていくんだって。

安全地帯（略して安地）とか、エリア。あとはサークルとかリングとか。ゲームによって色々な言い方をするけども、指す内容は全て同じ。

バトロワという仕様上、最初は溢れんばかりのプレイヤーがいる。

けれどその数は、終盤に近づくに連れて当然ながら減っていく。

減少した後でも当初と同じマップサイズだと、広すぎて決着がつかなくなっちゃう……っていうのが主要な理由らしいよ。

後は、芋対策でもあるんだって。芋っていうのは、建物とか茂みとかにずっと立てこもって出てこない人のことを指す……って昔カナが凄く嫌そうに喋ってた。

それにしても、なんで、おいも？

引きこもるなら亀さんとかカタツムリとかのほうがそれっぽいと思うんだけどな。

逸れちゃったね。ざっくりまとめておこうか。

設定された時間になった際に居場所がエリア外だと、次戦闘エリア内のどこかにランダムで飛ばされる。

エリア内からエリア外へは、結界が張られるので出ることができない。

何回かの転移時間を経て、最終的に生き残った人が勝利。

今回の私は、思いっきりエリア外に居るみたいなので……

【システムアナウンス。第一戦闘時間が終了しました。五秒後に、第二戦闘エリアへと対象者の転移を行います】

きっかり五秒後に、私の視界が白く染まった。

「……おー？」

転移が完了したので、周囲を確認してみる。

流石に、目視範囲内に転移してきた人間は居ないみたい。

その辺りの配慮はされているのか、はたまた偶然か。


お。今度は次のエリア内みたいだね。

北の方に微かに立ち昇って見える炎は、恐らく魔王様《カナ》のものだろう。

よし。折角だし向かってみようか。

今度の地形は、村……っていえば良いのかな。

小さな民家のようなものが点在していて、隠れるにはもってこいって感じ。

先ずは付近の安全というか、敵の有無を探りたいところだけど……あいにく、探索に適したスキルなんて持っていないんだよね。

まぁ、一つだけ、これぞってモノが思いつきはしてるんだけども。

……これしかないか。

「……視聴者の皆、ちょっと目を閉じて耳も塞いでもらえる？」

『草』

『ｗｗｗ』

『そんなことしたらなんも見えんがｗｗ』

『いきなりどうした』

『配信者にあるまじき要求』

『なんか察した』

「いいから。みんなちゃんと耳塞いだ？　ミュートにした？　……いくよ」

しっしと手を振って、カメラさんも追い払う。

目を凝らさないと見づらいくらいの距離まで離れて貰ったのを確認して、私は大きく息を吸った。

「がっっおーー!!!!!!」

◇◇◇◇◇◇◇◇

【聖女の咆哮】

本人は記憶の彼方に葬り去りたい程の、アレである。

しかし、このスキルは現状において、あまりにも有効かつ凶悪であった。

少しでも羞恥を、煽ってくる人を防ぐ為。

事前にミュートするように警告し、カメラも遠ざける。

少しでも、観る人を一時的に減らそうという悪あがき。

だが哀しいかな。

根本的にどこか抜けている所のある彼女は気付いていない。

遠ざけた筈のカメラちゃんは、当然ながら『超高性能のズーム機能』を持ち合わせている。

そして、『人間は言われれば言われるほど意識し期待する』ということ。

そのことに本人が気づくには、まだほんの少し時間が必要であった。

◇◇◇◇◇◇◇◇

「……うわぁ」

一気に3も増えた撃破数。

想像以上の成果に、思わず出てきたのは呆れたような声だった。

しかも、視界には状態異常のスタンにかかっていることを示すウィンドウが二つほど。近くの民家の壁越しに映し出されている。

「ま、まぁ、悪く思わないでね……っと」

なんだかいけないことをしているような気持ちになりながら、民家に侵入。

身動きが取れなくなっている人にそっと触れて……ドレイン。

あっという間にHPを吸い尽くされて、儚《はかな》い粒子と化す他プレイヤーさんの姿に、私はなんとも言えない感情を抱くのだった。

◆◆◆◆◆◆◆◆

バーチャル空間。とある放送局の、とある一室。

セッティングもリハーサルも終わり、あとは本番を残すのみとなっていた面々は、大会直前特有の独特な緊張感に包まれていた。

『カメラ回しまーす。三、二、一……』

カウントダウンが終わると同時に、生放送が開始される。

放送席の後ろ。でかでかとゲームタイトルが描かれた放送用背景が映し出されたのを確認して、彼らは小さく息を吸った。

「さあいよいよこの時がやって参りました。Infinite Creation 第一回公式イベント『あっちもこっちも敵だらけ!? 生き残るのは誰だ！』まもなくスタートになります！」

実況席と記載された放送用テーブル。

その上に乗りながら、力強く宣言する。


『うおおおお』

『おおー！！！』

『待ってました!!』

『始まったか』


一気に盛り上がるコメント欄に、彼は小さな頭でうんうんと頷いた。

得意げな様子の実況担当とは裏腹に、解説として隣の席に控える男性には苦笑いが浮かんでいる。

しかし、実況の彼にとって、そんなことは考慮の内にすら入らない。

テンション最高潮で飛び跳ねながら、彼は手に持つマイクを握りしめた。

自己紹介に入るために、一度、カメラが放送席を映し出す。

その瞬間、視聴者は一斉に思考を停止させられることとなった。

放送席に映し出されたのは、二人の人間……ではなかった。

解説席に座っている、知的そうな男性。そして。

皆の困惑を嘲笑うかのように、マイクを握りしめた小さな存在へ向かってカメラがズームする。

それに気付いた彼は、その場でくるりと宙返りをして見せた。


『は？』

『は？？？』

『おいｗｗｗ』

『どういうことだよｗ』

『なんでリスｗｗｗ』

『実況席に何故か混ざり込むリス』

『え、こいつが実況？』


そう、リスだ。

可愛らしく人気の高い、小動物。

カメラに映し出されているのは、そのリスがマイクを片手に騒いでいる姿だった。

「実況は私、開発スタッフから守口が。解説には、有志の方による情報ｗｉｋｉの取りまとめ役とも名高い、雷蔵さんにお越しいただいております」

「雷蔵です。どうぞよろしくお願いいたします」

『うっそだろｗｗｗ』

『このまま進むのかｗ』

『第一回イベントで伝説を創る開発スタッフ』

『雷蔵のなんとも言えない顔が面白すぎる』

『あれ絶対意識して何も考えないようにしてるぞｗ』

『アイツは被害者だったか……ｗ』

『開発スタッフ【りすのすがた】』

「それでは先ず、今イベントの概要の確認から入りましょう……」

大騒ぎのコメント欄を置き去りにするように、実況は話を進めていく。

はじめこそ困惑していた視聴者達も、スタッフがこのまま突き進むと理解してからは収まり始めていた。

そう。わざわざ待機して、放送を待ち構えるような面々。

様々な動画を日頃から見ているので、なんやかんやと適応力が高いのである。

「さて。確認も終わったところで……雷蔵さん」

「はい？」

「今大会。注目しているプレイヤーは居ますか？」

「あー。そうですねぇ……」

一通り確認が終わったタイミングで、実況のリスが話題を振る。

雷蔵は、少し考え込むような仕草を見せてから、答えた。

「まずはやはり、最高レベル到達者とされているドレンでしょう。多人数撃破という面では、カナも有利かもしれません。相当数撃破を稼いでしまえば、展開次第では魔王様がキルとあわせて総合優勝を飾ることになるやも」

「なるほどなるほど。確かに、ドレンさんはタイマン最強とも名高い。そして魔王様は、我々開発陣も非常に期待している一人です」

「後はそうですね……優勝候補とまでは言いませんが、件の聖女様でしょうか」

「おお、ユキさんですね！　ええ、彼女には我々も一番期待していると言っても過言ではありません。何せ、僅か二週間であっという間に登録者数三十万超えですからね。初日からフィールドボスに遭遇したかと思えばきっちりリベンジを果たしてみせたり、いつかはやられるとわかっていたとはいえ開始一週間経たずしてエリアボスの周回を始めてみせたり……我々の予想を軽く超えてくるその動きには、開発陣も日々戦々恐々と見守っておりますよ。何せこの間なんて、まだ準備段階だったワールドクエストを……おっと、これはまだ秘匿事項でございました」

いかにもわざとらしく指を立ててみせるリスの姿に、雷蔵は苦笑を滲ませる。

「何とも興味を惹かれるお言葉ですが……公式さんがそう言われるということは、まだその時ではないということでしょう」

「理解が早くて助かります。まあ、ゴブリンの駆除は積極的に。砦は一つとは限らない……とだけお伝えしておきましょうか」

「思いっきり答えてる!! 答えてますよ公式さん!!」

「あっはっは……おっと。そろそろ始まりますね」

「……そうですね」

散々に場を賑やかしておきながら、あっさりと話題は転換される。

確かに公式実況配信である以上、何を優先すべきかは自明の理ではある。

しかし、良いように振り回されているようで雷蔵はなんとも言えない感情を抱くことになった。

そして、それを全て把握した上で、小狡い笑みを浮かべるリス。

◆◆◆◆◆◆◆◆

そう。

開発スタッフの守口。彼は、性格面にちょーーっとばかり問題があった。


ちょっとノリがおかしい実況と、全プレイヤートップレベルの情報を持つ解説。

一人と一匹による配信は、順調な盛り上がりを見せていた。

先ずは公認配信者であるユキの配信を映し出し、その純粋無垢そうな外見と真反対な殺戮ビームに苦笑い。

注目プレイヤーであるドレンが太刀でプレイヤーを切り捨てていけば、同じく注目対象のカナは目につくもの全てを焼き払う。

その後も様々なプレイヤーにフォーカスを合わせていくこと暫く。

あっという間に、第一戦闘時間が終わろうとしていた。

「いやーもう最初の転移時間ですか。あっという間なものですねぇ」

「そうですね。戦闘可能範囲は一気に三×三の九分の一ほどまで縮小します。最序盤の戦闘も終わり少し硬直し始めていた盤面も、これで動くんじゃないでしょうか」

雷蔵の言葉に、守口はうんうんと頷く。

転移のタイミングに合わせて、大型スクリーンに映し出される対象はまたユキに切り替わった。

「さあ第一回目の転移が終わりました。半径が一気に三分の一になった戦闘エリアに、プレイヤーたちはどのような対応をしていくのでしょうか！」

「凄女サマの転移した先は、どうやら市街地のようですね。ここは隠れるポイントも多く、一体どこに何が隠れているか分からない。なかなか難しい状況かもしれません。……もっとも、彼女の不意をついたところで簡単に倒せるとは思えませんけれど」

「凄女ユキの特徴は、なんと言ってもぶっちぎりのＨＰ。例の結界すら未だ温存しているようですし、彼女の耐久を脅かすには生半可なものでは不可能でしょう！」

「ええ……おや。何かするようですね」

ここで、雷蔵がユキの不振な動きを察知した。

注目してみれば、何やらカメラを遠ざけたがっている様子。

「おっと？　ここでユキ、配信用カメラを遠ざけています。はてさて人に見られたくない事とはなんなのか。皆様ご注目ください！」

そう、ユキは気付いていなかった。

これまで堂々としていたものが急にコソコソとし始めれば、余計に注目を集めるということに。

そしてなにより、たった今の自分の映像が、公式サイトどころか大会本部による公式実況配信にまで映し出されていることに……。


そして、その時は訪れる。


『がっっおーー!!!!!!』

「出ましたーーっ!!　ここでユキの必殺技、がおー!!」

技能：聖女の咆哮

効果：『がおー』の叫びに呼応して発動。対象に超高確率のスタン、高確率の魅了。低確率の即死を付与する。効果範囲、成功確率は声の張り上げ具合に比例する。

実況が叫ぶと同時に、放送の下部分にテロップが表示される。

雷蔵はにこにことしながら言葉を補足し始めた。

「これは素晴らしいものが決まりましたね。確かに、このスキルならば目視できない壁越しの相手にも突き刺すことが出来る。そして何より、即死や魅了はレベル差があるほど入りやすいという考察も出ています。このタイミングで必死に隠れているような存在には、効果覿面《てきめん》と言えるでしょう。なお、スキル詳細の説明等についてはユキ様には予め了承を取ってございますのでご安心ください」

「この僅かな間で、ユキの撃破数が三つも伸びた！　聖女様の渾身の雄叫び。どうやら三人もの相手をキュン死させたようです!!」

「少女の全力の叫びを不意に食らったわけですからね。私も、現場で喰らえば無事で済まないかもしれません」

まさか自分の咆哮について大衆の前で解説されているとは思いも寄らないユキ。

彼女は新たな話題作り……ではなく、あくまで自分のスコアのために建物内へと踏み入っていく。

「おーっと、ここで凄女様は建物内へと踏み入るようです。可愛らしい咆哮を経て迷いの消えた歩み。それが向かう先は……――人だ！　人間がそこにいた！」

「これは……ああ。即死こそしなかったものの、行動不能になった相手を狩りに来ているようですね。壁越しであっても、命中時のエフェクトは微かに見える。そこを狙って取りに来たわけですか」

笑いを堪えるようにして、解説を進める雷蔵。

放送席、並びに視聴者の想いを汲み取るように。カメラはユキが何をなそうとしているかをはっきりと映し出せる位置を調整していた。

「さあ、凄女がゆっくりと歩みを進めます。その先には、不意の可愛らしい咆哮に腰を抜かしたらしいプレイヤーの姿。ビームか？　動けない対象に容赦なくビームを撃つのか？　……いや。撃ちません。一歩一歩とその距離を縮めていく」

「チャージする素振りすら見せませんね。彼女のビーム攻撃には、被ダメージもしくはチャージが必要。とあれば、今やろうとしていることは……」

「遂に両者の距離が零になった！　足がすくんで動けない人間に対し、凄女がゆっくりと手を伸ばしている。その手は癒しの手？　慈愛の手でしょうか！」

煽るような守口の言葉。彼は当然、すべてわかっている。

そして。ユキは期待を裏切らない。

次の瞬間、一瞬の眩い光が放たれた。

晴れた後に残っているのは、凄女ただ一人。

「ああああ!?　消えました。つい先ほどまでそこに居たはずのプレイヤーの姿が消えてしまいました！」

「……【ドレイン】ですね。なるほど。動きを封じた上で、接触前提のスキルを使って撃破しつつ自身も回復。非常に有意義な行動です」

「ドレインっ！！！　まさか、まさか。あどけない笑みをうかべて、手をさしのべてみせた聖女様。その手は癒しでも慈愛でもなんでもない。ただ、動けない相手の命を確実に刈り取るための悪魔の手《デーモンハンド》！　これが、これが聖女のやることなのか。これこそが悪魔。いえ、小悪魔《サキュバス》の領域です!!」

「ぶふっ……そ、そうですね。可愛らしい声で相手を魅了し、動きを封じた上で吸精《ドレイン》。毒牙にかかった彼は、むしろ幸福なのかもしれません」

笑いを堪えきれないながらも、解説の雷蔵はしっかりと乗っていく。

そう。彼もまた、こういうノリは非常に良い。

「ユキは歩みを止めずに次の建物へと向かっていきます。そこの人間、逃げてくれ!!　悪魔《あくま》がもうそこまで来ている！」

「もうスタンの効果は切れていてもおかしくないのですが……心が折れてしまっているのでしょうか。……それともやはり、魔性の魅了か」

「我々の願いも虚しく、また一人犠牲者が出てしまいました。いやはや羨まし……いえ、けしからん！　この悪逆非道の小悪魔聖女を食い止めるのは一体誰になるのか！　ここで他の映像も見ていきましょう。どうやらドレンは相変わらず……」

散々に煽るだけ煽って、公式配信は映像を変更した。

いくら公認配信者とはいえ、まだ中盤でいつまでも同じ人間を映しているわけにはいかない。当然の措置だろう。

ただ、これでより一層。公式チャンネルの視聴者はイメージを改める機会のないまま、サキュバス聖女という印象を深めることとなった。


凄女ユキ。彼女が新たに見せた側面である小悪魔聖女《サキュバスセイジョ》。

そしてこの後に控える、一大決戦を越えて。

彼女の配信者としての勢いは、ますます留まるところを知らない——

◇◇◇◇◇◇◇

第二戦闘時間。市街地に飛ばされた私は、咆哮を解禁。

潜むプレイヤーを一人ずつ倒していっている。

道中立ち向かってきた相手も合わせて、今ので丁度32キル。

かなり良い調子と言えるんじゃないだろうか。

ちなみに、さきほど初めて使った時の反応に関しては……多分みんなの予想通りだったと言っておこう。

みんな、見ないでって言ったのに。

しっかり見て煽ってくるんだから、本当にもう!!

まぁ、そこで散々に弄られたからこそ吹っ切れて、いま多用しているとも言えるんだけどね。

「……それにしても、このコンボ。本当にいけないことしてる気持ちになるなぁ」

『笑う』

『実際ハメ殺しなわけですし』

『キュン死かわいい』

『まぁ陰キャハイドなんて瞬殺でいいよ』

『辛辣で草』

『公式と二窓してたら散々に言われててほんと笑うんだが』

思わず呟いた言葉に、視聴者さんたちが反応する。

隠れるのもひとつの戦略だとは思うけどね。倒せちゃう手段がある以上、容赦なくポイントにはなってもらうよ。

……絵面が酷いんだけども！

「え、公式さんが？」

あー……公式さんの方でも実況解説配信してるって話だったね。そういえば。

うげ。もしかして、よりにもよってさっきの場面も放送されてたとか？

い、いや、流石に無いよね！

そんな都合よく、公式配信の方でも私の所業が映し出されているなんてそんなこと……。

「……もしかして、さっきからの場面」

『バッチリ放送中』

『たったいま別の人に切り替わったわ』

『同接また一気に増えてるｗ』

『悪魔の配信はここですか』

『初見公式から』

『公式配信からきました』


「ぐぬぬぬ……」

『デーモンハンドの使い手はここですか』

『相手を即死させる悪魔が居るらしい』

『悪魔の配信見に来ました』

『小悪魔聖女の配信があると聞いて』

『サキュバス聖女さん俺も吸って』

『修羅場で草』

『なんだこれ』

「ぐぬぁぁぁぁぁ!!!!」

公式配信、きさまら一体何を言った！

たしかに視聴者さんの数はまた一気に増えた。それはありがたいことなんだと思う。けど。けどさぁ！

凄女ならまだしも、悪魔の手《デーモンハンド》やら小悪魔聖女《サキュバス》やら、流石に酷いでしょ！

そもそも、そんな大したことしてないし。

隠れている相手を探すために咆哮で炙り出して、判明した相手のところに行ったら完全に動けなくなってたから。

これで倒さないわけにはいかないよねって右手を伸ばして、ドレインでHPを削り取っただけだもん。

相手は抵抗してこないし、即死させられるし。

オマケに私のHPも減るどころか回復できるしで……うん。

やってること、たしかに悪魔だし小悪魔だったかもしれない。

それに冷静に考えたら、凄まじい女だか凄惨な女だか知らないけどそっちも大概じゃん。何も変わらない。いつも通り。気にするだけ無駄っ！

「……コホン。とりあえず、このまま上位目指すよっ！」

『切り替えた』

『速いなw』

『割り切りの速さは良いところ』

『性女サマ頑張って』

「いや性の女でセイジョはさすがに止めてっ⁉」

私だっていちおう女の子なんだぞ⁉

◇◇◇◇◇◇◇◇

さて、あれから一悶着。

視聴者さん達との相談の末、私の呼び方は凄女、小悪魔聖女に。

例のドレイン攻撃は悪魔の手《デーモンハンド》って呼称されることになった。

なんか痛々しくない⁇　って思ったけど、みんなはそれが良いらしい。

あと、普通に聖女って呼んでくれないのかとも聞いてみたけど、『らしくないし』と一蹴された。

解せぬ。

まぁ、これも新しいスキルなり称号なりが追加されるまでだけどね。

予感だけど、また何か生えてきちゃう気がするんだよな……。

さて、戦況の方だけれども。一言で表すなら、順調。

少なくとも、こんなバカげた話をするくらいには余裕がある。

というのも、さっきから人がどんどんこちらにやってくるんだよね。

市街地を抜けた、平原。また敵を探さないといけないかなーと思った矢先の出来事だった。

なんと、前方から人がぱらぱらぱらとこっちに駆け出してくるのだ。それも、かなり余裕の無さそうな全力疾走で。

理由は、すぐに察せられた。

人が走ってくるより、もっともっと奥。視界には入らないほどの前方に、炎が立ち昇っているんだよね。それも、かなりの頻度で。

元々、炎を目印に進んではいたけれど、今はそれがもう露骨にド派手に見える。

かなり近づいてきたってことなのか、それともあちらさんがギアを上げたか。はたまた、両方か。

まぁ要するに、この人たちは逃げてきたんだ。

圧倒的な力の、炎の暴力から。

生存者の数はもう早くも五十人を割って、そこからもかなりのペースで減り続けている。

必死にここまで逃げてきた人には申し訳ないけれど……容赦はしないよ。

一人、一人と、充填した光線で撃ち抜いていく。

元々消耗していたのか、それともそこまで強い存在では無かったか。

みんな、10%程度の威力を出せば簡単に倒すことが出来た。

さて、こうなると炎に追われてきた人達は堪ったものじゃないだろう。

何せ、前門に聖女（悪魔じゃないよ）、後門には魔王だ。

進退窮まって、やぶれかぶれの突撃をしたりどうにか逃れようとしたりする人々をまた一人ずつ葬っていく。

これもなんか悪いことをしているような気分になってきたけど、勝負なんだし仕方ないよね。


【『無慈悲なるもの』を獲得しました】


いや、ちょっと待って？？？

不意に響いた、あまりに不穏なインフォ。

またか。また、この類なのかと詳細を確認する。


その、瞬間だった。


不意に、前方十五メートルほどの一帯が炎に包まれ、反射的にウィンドウを閉じる。

即座にポーションを服用して、充填を開始。前を見据えた。

炎で閉ざされた視界が、ゆっくりと晴れていく。

そこに居たのは、やはり。

「よー。約束、果たしに来たで？」

魔王が、現れた。

終章　聖魔決戦

突如として湧き起こった、炎の壁。

その後ろからゆっくりと姿を現したのは、予想通りの存在だった。

「……約束、果たしに来たで？」

身に纏うマントが風にひるがえり、裏の赤地が明らかになる。

尊大な態度を見せ付けるようにして、彼女は私を正面から見やった。

カナ。

私の唯一無二の親友にして、相棒。

またの名を――魔王。

「予想より、早かったかなぁ」

私がこれまで対峙した中では、紛れもなく最強の一角だろう。

けれど、私は勝つよ。ここで倒してみせる！

「何を言うか。そっちだって近づいてきとったやろ？」

「おっと。バレバレでしたかー」

【咆哮】が決まれば一気に楽になるだろうけど、レベルも同等、対策も未知数。

外した時の隙を考えると……使えないね。

「当たり前。そっちの光も、大概目立つんや」

「あはは。だよねー。……とりあえず、【発射《ショット》】！」

不意討ち気味に、15％程度の威力となった【聖魔砲】を発射。

カナの耐久力は、限りなく無に等しいはず。であれば、攻撃を炸裂させることさえ出来れば、その時点で勝てる確率は高い。

「ちょっ、前口上ガン無視かいっ⁉」

ま、流石にというか、当然というか、上手くいくわけはないよね。

挨拶がわりの一撃は、即座に展開された炎の壁によって完全に相殺されてしまった。

それにしても、ゲーム内で親友と会うのは、結構久しぶりなんじゃないだろうか。

そして、当然ながら。

敵として相見えるのは、初だ。

杖を取り出して、両手に握る。

持つ度にズシリとくる感覚には、未だに慣れない。

え？　諦めて筋力値振れって？

あーあー聞こえなーい。

「……【守護結界】。それから、【充填《チャージ》】」

「はっ、やる気充分ってか！　【魔導領域】！」

二人とも特化型だ。勝負の時間は、そう長くはならないだろう。

カナ相手に、出し惜しみなんてできるわけもない。

直ちにバリアを展開させる。その出力は、勿論フルチャージ済み。

流石にレベルが下がる分、結界の効力もそれに合わせて低下はしちゃった。

まぁ、弱体化したとはいえ、私のＨＰ同様。五桁の耐久力があるわけだけれども。


向こうが展開してきたのは、領域系のスキル。

ふふん。今回、カナと戦うことを想定して、ちゃんと色々と下調べしてあるんだ。

【魔法領域】は、魔術師系の基本にして、とても重要なスキル。

自身を中心とした魔法陣を展開して、その中にいる限り魔法の威力と詠唱速度を底上げできるんだったかな。

……あれ？　魔導って言った？　魔法じゃないの？

「【魔導】は【魔法】の上位互換や。勉強不足と違うか？」

な、なるほどね？

っていうか、私いま口に出してた⁉

「ぜーんぶ顔に出とるわっ。ほら、小手調べや！」

何かを高速で呟いたカナの元から、炎の球が飛んで来る。

私の足下に飛来したそれは、その場に強烈な火柱《ひばしら》を生み出した。

「わわっ！」

回避する間もなく、炎に身体を包まれる。

上級火魔法、火炎嵐《ファイアストーム》。

火の玉を投げつけ、着弾点から炎を立ち上らせる火球《ファイアボール》が、下級。

中級は二つ。そこそこの範囲を炎で薙ぎ払う火炎放射《ファイアブレス》と、炎で防壁を構築する火炎壁《ファイアウォール》だ。

そして、上級。最低でもレベル30以上が必要だとかであまり情報は出回ってなかったけど、予習はしてある。

中級までとは比べ物にならない魔力を必要とする代わりに、威力も一線を画す、高等魔法。

その中で、今回使ってきそうと思っていたのが、これ。

火炎嵐《ファイアストーム》。

対象の足元から強烈な火柱を燃え盛らせ、相手を炎に包み込む魔法だ。

炎自体は、少し燃え上がると直ぐに消える。

たった一発の魔法で、守護結界は10％……１０００ほど削られていた。

馬鹿にならない威力。だけど、覚悟していたほどでは全然ない。

これなら……いける？

「ユキ、まさか今のがファイアストームやったとでも思っとるんちゃうやろな？」

またしても心を読むようにして、言葉が投げ掛けられる。

充填は進んでいるから、話してくれる分にはこちらが有利になるだけ。

……のはずなんだけど。

「……違うの？」

「ふふっ。違うで。それは大間違いや」

勿体つけるようにして、カナは不敵に笑ってみせる。

その様は、赤と黒を基調にした外套を纏う姿も相まって、確かに魔王と呼びたくなるような様子だった。

「今のは、ファイアストームやない。……ファイアボールや！」

高らかに宣言した彼女が、バッと右腕を掲げる。

その手から、膨大な魔力が溢れ始めた。

「そしてこれが、ウチのファイアストームや！」

次の瞬間、荒れ狂う程の炎熱が吹き出し、こちらに襲い掛かる。

あっという間に私を呑み込んだかと思えば、それは天まで届くほどの勢いで吹き上げた。

途方もない火力に身を焦がされながら、ステータスを確認。

その被害は甚大だった。９０００ほど残っていたはずの障壁は、早くも半分以下の耐久値まで削り取られている。

チャージはまだ、60％。

生半可な一撃にして凌がれてしまっては完全に詰むので、極限まで高めた威力を当てたいところだけど……！

「ほらほら、追加で行くで。火炎放射《ファイアブレス》！」

「ぐっ……」

カナの手から放たれた紅蓮の炎が、私と周囲一帯を焼き焦がす。

おかしい。スライムの時と同じ魔法のはずなのに、規模も威力も異次元すぎる。

人のこと言えないとは思うけど、カナも一週間ちょいの成長じゃないよね。

一体何をしたら、魔王としてとんでもない魔法を振るうことになるんだろうか。

守護結界のＨＰは、残り２０００満たないくらい。

次の魔法によっては、私の残るＨＰ共々削り取られるだろう。


けど、充分だ。

時間は稼げた。チャージ出力は、90％弱。

仮に防御寄りの魔法を使われたとしても、充分に貫ける威力になっているはず。

「私の、粘り勝ちだっ！」

【発射《ショット》】

全身全霊の力を込めた魔砲が、放たれる。

山一つ消し飛ばすような光の奔流。

暴力的なまでの一撃が、相対する少女を呑み込んだ。

「……っ」

一気に3ほど増えた撃破数。

この中には、カナも含まれているのだろうか。

いや、そうに決まってる。確実に、直撃した。

魔力に全振りしている親友が、耐え切られるはずもない。

胸がざわつくのを抑え込んで、ポーションを服用。

目を開けていられないほどの光が止み、徐々に視界が晴れていく。


ゆっくりと、明らかになっていく、前方の情景。

その中に、魔王は立っていた。


「――ッ⁉」

思わず、息を呑む。

まさか、私でさえ耐えられるか際どいほどのアレを直撃させて、生き残ったというのか。

「いやー……流石やわ。保険がなかったら、死んどった」

身体の埃を払うような仕草をした親友は、こちらに向けて右手をかざす。

彼女の、魔王の口角がニヤリと歪んだ瞬間、とてつもない悪寒が全身を襲った。

「準備を待っとったんは、そっちだけやない。ウチの最高魔法……その身に刻め！」


——メテオフォール。

静かに、その声が響き渡った。


突如として湧き起こる、天からの飛来音。

空を見上げた私は、唖然とした。

視界を埋めつくすほどの、岩石の群れ。

圧倒的な質量の暴力が、一斉に地上の私たちへ牙を剥く。


流星《メテオ》、降下《フォール》。


周囲一帯に等しく襲いかかった、無差別爆撃。

まず一撃が、残っていた結界を打ち砕く。

そして、次の瞬間。

視界いっぱいに迫る岩石の姿を最後に、私の視界は暗転した。

プレイヤー：ユキ
獲得スコア：40キル
生存順位：十位

◇◇◇◇◇◇◇◇

負けた。

それも、真正面からぶつかった上で。

完膚なきまでに、負けた。

「あーー！　悔しい！！！」

第一回公式イベント。

私はそこで親友たるカナと対決。激闘の末、敗れた。

今は、大会が終結するまでとして、別の空間で待機させられている。

中央には大きなモニターが置いてあり、そこで公式配信の様子を見ることができるらしい。

因みに、どうやらプレイヤーごとに空間は独立しているようで。周りを見渡してもほかの人間の姿は見られなかった。


『お疲れ様』

『どんまい』

『惜しかった』

『魔王に敗れる聖女』

『聖女じゃ勝てなかったか』

『〃聖女〃なら勝てたかもしれない』

『凄女サマだもんな』

『聖女ならそもそも攻撃手段足りんやろ（』


「うぬぬ……」

もうちょっとだった感じではあるんだけどね。

カナの言葉からしても、あと一手、足りなかったというところか。

耐久力が私なみにあるとは考えられないから、回数限定の耐えるスキルかな。

よく考えれば、致死ダメージを耐えてしまう手段がある可能性くらい、容易に想像できた。

万が一にも削り切れないということを恐れるあまり、視野が狭くなっていたね。

せっかく増やしておいた手札を使うチャンスが無かったのも、悔しさを際立たせる。

使う隙が無かった……というより、咄嗟に使うという思考に至れなかったと言うべきだろう。

……まぁ、すぎたことをいつまでも悔いていても仕方が無い。

いつか、リベンジはしたいところだけどね。


そうこうしているうちに、イベントは進み。

最終的に生き残ったのは、ドレンという侍さんだった。

親友《カナ》は、三位。

カナを破った聖騎士さんが二位だったんだけど、名前はユリウスと言うらしい。

あれ。そういえば、私がやられちゃった時点での順位って幾つだったんだっけ。

チラッとだけ表示された記憶はあるけど。

プレイヤー：ユキ
獲得スコア：40キル
生存順位：十位

十位か。

……十位⁉

確かに、あの時、何人かを巻き込んでしまった感じはあった。

けれど、まさか十位まで上がっているとは。

獲得スコアも高いし、これなら充分以上に戦えたと言って良いんじゃないかな？


そうそう、最後の決着の付き方なんだけど。

残り三人になってからは、トーナメントのような形になった。

具体的には、先ずカナとユリウスさんが激突。

彼らの周囲百メートルくらいの地面が抉《えぐ》り取られるほどの激戦の末、軍配は聖騎士さんの方に。

得意の紅蓮の炎で攻め立てた魔王様。

だけど、ユリウスさんが開幕から纏っていた光のバリアのようなものは、どうやら炎属性を大幅に軽減しているように見えた。

炎熱と、閃光。

二つのぶつかり合いは、まるで盛大な舞台のような白熱の末、聖騎士側の勝利。

その背景には相性はもちろんのこと、カナの方は私との戦闘でリソースをかなり消費していた
……というのが挙げられるだろう。

結果的に、ユリウスさんの防御を崩しきること能《あた》わず。

傍から見ていた感じ、結構惜しいようにも見えたけどね。

どうせなら優勝してほしかっただけに、残念。


最後は、騎士と侍の決戦。

ドレンさんは崇高な意志をお持ちのようで、魔王と聖騎士の決戦が終わる頃にはかなり近くにいたのにも関わらず、その周囲で三分ほど待機。

息も整ったであろうというタイミングで、ようやく、堂々と姿を現した。

流石に死闘の影響は大きく、万全とは程遠いものの。

ドレンさんの振る舞いによって、それなりに体勢を整えることが出来たユリウスさん。

そのお陰で、最終決戦はそれに相応しい非常に見所のあるものに。

映像の派手さでいえば、魔王カナとの戦いに僅かに軍配が上がるものの、同じ剣士タイプによる頂上決戦。

瞬きする間さえない、激しい剣戟戦となった。

シンプルな打ち合いに始まり、途中からスキルも交じえた、まさに息つく暇のない一騎討ち。

最終的に自らの刃を届かせたのは、ドレンさんのほうだった。


そんなこんなで無事、勝者が確定。

それに伴い、最終ランキングの計算に入っている。

「……かなり撃破してるし、流石に順位落ちるってことは無さそうだよね」

『そらそうやろ』

『撃破数だけならトップレベルまである』

『余裕ちゃう？』

『一気に上がるまでありそう』


「そうだとは思いたいけどねー。ドキドキするなぁ」

【最終結果が確定いたしました。中央巨大モニターをご覧ください】

アナウンスが響きわたり、先程まで激戦が映し出されていたモニターの映像が切り替わる。

まず表示されたのは、生存順位。

特に煽るような実況があるわけでもなく、下から順番に発表するわけでもない。

まるで受験の合格発表かのように、上位十名までが一斉に映し出された。

生存の順位に関しては、今更触れるまでもないだろう。

私の結果は、十位。トップ3に関しても、さっき触れたままだからね。

【続きまして、撃破スコアのランキングです】

そんなアナウンスが流れて、いよいよだと身を固くする。

悪い成績ではないはずだけど、やっぱりドキドキするね。

撃破スコアランキング
一位　65キル　カナ
二位　48キル　フリージア
三位　40キル　ユキ
四位　34キル　ドレン
・
・
・

「おーーっ!!　三位!!」

『かなり高くて草』

『聖女とは』

『凄女だからね』

『凄女サマだからな』

【速報】凄女サマ、人間相手でもライフで殴れる』

『むしろモンスターよりＨＰ限られてるから殴りやすいまである』

『魔王様やばすぎんか』

「カナは本当にえげつないね。どうやったら今の戦いで60キルを越えるんだろう。二位の方も、名前は聞いたことあるような……！」


『フリージアたんか』

『フリージアｗｗ』

『結構有名だよ』

『クール笑のフリージアね』

『一応、氷属性遣いとしては最高峰』

『あの雰囲気がなぁ……ｗ』

『背伸びするロリっ子は可愛いもんよ』


そうだ。カナの対策で魔王技能……じゃなかった。魔法技能について調べている時だったかな。

魔法職の現状ツートップの話が挙がっていた。

爆炎のカナと、氷獄のフリージア。

今大会の対策としてちょっと調べてみようかなーって思ったんだけどね。

フリージアさんで検索したら、なんかこう、物凄く圧を感じる特集サイトみたいなのが出てきて。

そっとブラウザバックして、そこで予習は止めちゃったんだ。

まぁ、えっと。小柄で、物凄く愛されている感じの方みたいだよ？

【お待たせしました。最終ランキングの発表になります】

おっと。いよいよ最終結果の発表か。

撃破数ランキングからして、かなり期待の持てる感じ。だいぶ上がるんじゃないかな。

最終ランキング

一位　１３４点　ドレン

二位　95点　カナ

おおーー！　カナが二位！

生存順位から、ひとつ逆転させた形になるね。

二十もの順位点の差をひっくり返しちゃうのは凄いなぁ。

親友の大躍進は、それだけで心躍るものがある。

コメント欄で『撃破数がおかしい』『これが爆炎のテロリスト』『さすマオ』『魔王様流石です』とか、いろいろ言われているのが面白い。

そこはさすカナじゃなくて、魔王様のほうなんだね。

三位　78点　ユリウス
四位　53点　フリージア
五位　50点　ユキ
・
・
・

五位!!

結構、際どいラインではあったけれど。目標のトップテンどころか、五本指に入ることが出来たのは本当に嬉しい。まぁ、親友に対しては悔しい敗戦となったわけだけれども。

同時に届いた報酬は、賞金と一つのアイテム。

アイテムに関しては、何らかのキーアイテムっぽい。また今度触れようかな。

さて、とりあえずは、これで大きな山がひとつ終わった形になるのかな。

次は順当にいけば、ワールドクエストとやらになるんだろうか。

私が砦をぶっ壊しちゃったことにより始まった、ワールドクエスト。

公式さんからの追加情報はまだ来ていなかったはずだけど、はたしてどんな感じになるんだろう。

多分だけど、グレゴールさんたちを中心とした人間サイドと、ゴブリンやオーガを中心とした魔物サイドのぶつかり合いになるんだよね。

そうなると、プレイヤーたる私たちは人間側に力添えを……あれ?

……魔王って、どっち陣営なんだろう?

書き下ろし番外編

桃色少女との邂逅

サービス開始から数えて、五日目。朝の話である。

赤紫と黒、そして炎の色を基調とした衣装を身を包み、赤茶色の三角帽子を被った、いかにもな魔女っ娘。

紺野奏《カナ》はInfinite Creationの世界に降り立っていた。


「さて、と。ほー。今日も朝からよう賑わっとる」

始まりの街、アジーン。そこの噴水広場では、まだ朝方にも関わらず沢山の人で賑わっていた。

その人の輪を避けるようにして、彼女は南門の方へと向かう。

今日は、配信をつけるつもりは無い。

親友は今頃、北門へと向かっているだろう。因縁の相手と、決着をつけるために。

そんな彼女のことを思えば、ただのんびりとしている気持ちにはならなかった。かと言って、親友の勇姿を見届けないという選択肢も、ありえない。

そこで思い付いたのが、適当に散歩しようというものだった。

つい先日、ユキと二人で歩いたSエリア。適当に炎を撒き散らしながら、歩みを進めていく。

「お。ちょうどユキの方も始まるところか」

視界の片隅に、配信画面を表示。

ゲーム中でもインターネットに繋げて攻略情報を見たり配信を見たりと出来るのは、非常に良い。

それこそ一昔前のゲームをする時の当たり前が、ようやくＶＲＭＭＯの世界においてもできるようになったって感覚が正しいか。

「ふふっ。気合い入っとんなぁ」

配信越しにも伝わってくる、ユキの気概。

親友は、今日必ずリベンジを果たすだろう。

自分も負けていられない。

そう顔を上げたカナの視線のはるか先の端に、なにか大きなものが飛空しているのが映った。


「は?」


こんなエリアに、空を飛ぶ魔物など居ない。

ならば、一体何が飛んでいるというのか。

——面白いモノがある気がする。

この手の嗅覚には自信がある。

にんまりと口角を上げた彼女は、ゆっくりとそちらへと歩みを進めた。

◇◇◇◇◇◇◇

少し歩けば、また新たな飛行物。

距離が近くなったことで、今度はよりはっきりと見える。

丸みを帯びた、ゼリー状の物体が、空中を横切っていく。

それは、このエリアで何度も見た魔物。

「スライムが飛んどる？　……いや、跳ばされとるんか」

ぴゅーんと擬音が聞こえるかのように吹っ飛ばされていくスライムを、思わず目で追う。

べちゃっと地面に落ちると、そのまま力なく消えていった。


当然だが、カラースライムに飛空能力は無い。跳躍力も。

そんなスライムを飛ばそうと思えば、方法は限られる。

風魔法などで飛ばされている様子もないとなれば――

「ド派手に殴り飛ばしとる奴がおるっちゅーことやな」

物理攻撃といっても種類は多数あるが……大まかに分類するなら、斬撃、刺突、打撃の三種類。

あのゼリー状の身体に対して、明らかに効きづらいのが打撃属性だ。

スライム相手とはいえ、ほぼ効かないはずの打撃でここまでぶっ飛ばす人間。

相当な力の元に無理やりこなしているのは想像に難くない。

「同種の匂いがするな。さてさて、下手人はっと」

期待をより大きくさせながら、飛来元と思われる方向に足を速める。

少し進めば、直ぐに人影が見えて来た。

案の定、それは一つ。

それはそうだろう。パーティープレイならば、わざわざ不利な手段を取り続ける必要などない。

もちろん前衛としてある程度は戦うとしても、あくまで主体は仲間による他の倒し方となるだろう。

だが、想像と違ったのは。

「……ちっこくないか？　「どっせーーい！」声は、大きいみたいやけど」

ここまで響き渡る、元気な掛け声。

それは、とても可愛らしいものだった。

ちょうど、前方に新しいスライムが湧く。

小さな人影は、とっとっと……と軽快に駆け寄って――

「てーーい！」

ブゥン！　とここまで風切り音が聞こえるかのような豪快なスイング。

なるほど。どうやら得物はハンマーらしい。それならば、たしかに強烈な力で打ち付ければ大きく吹き飛ぶことだろう……ん？

そこで初めて、さらなる異質に気付いた。

「いやいやいや!!　なんやそれ！」

「ほえ？」

思わず上げてしまった声に、小さな影が振り向いた。

その身に、身体よりも大きく見えるほどのハンマーを携えて。

「あっ、スマン。思わず」

きょとんとした様子で、とことことこちらへ向かってくる。

桃色の髪に、ぴょこぴょこと動く獣耳。そしてやはり、何よりも目立つのはそのあまりにも巨大すぎるハンマー。

「こんにちわー！」

「あ、ああ、こんにちは」

元気な挨拶に反射で返してから、ぶんぶんと顔を振る。

何やっとんや。初対面の人間相手に。

驚きのあまりとはいえ、自分の態度は失礼と言えるだろう。

コホンと咳払いを一つ。自分のペースに。

「あー、邪魔してもうてスマン。ウチは、カナっちゅーんやけど」

「いえ！　大丈夫ですよっ！　私はトウカって言います！」

耳をぴょこぴょこ動かせながら、きらきらとした笑顔を浮かべるトウカ。

かなり小柄な外見と相まって、それは非常に可愛らしい。

どこからどう見ても、かわいくて快活な少女だ。

ただ、地面に立て掛けたハンマーが、ズシィンと凄まじい音を立てたことさえ目を瞑れば、だが。

となれば、話題は必然的に決まってくる。

「えっと……一つ聞いてもいいか？」

「はい！」

「それ……持てるんか？」

先程の光景を、もう忘れたわけではない。

だが、それでもやはり思わず聞かずには居られなかった。

その問いに対し、少女は一瞬だけきょとんとした様子を見せたあと、にこっと笑う。

「はい！　見ててくださいねっ。てぇぇぇい！」

ぶんぶんぶんぶん！　と風を切りながら、持ち手の中心やや下の部分ををもち、ぶん回してみせるトウカ。

曲芸のように円を描いて何周か回して見せたかと思うと、そのままふっと視線を横へ向ける。

追えば、そこには新たなレッドスライムが湧いていた。

「いきますよー！　てーーい！」


とっとっと……バシーーン！


音にするならば、そんな所だろうか。

軽快に走りよっていた彼女は、豪快に得物を横振り。

そのやわらかボディが吸収するため、打撃属性がかなり効きにくいはずのスライム。

それは、ド派手に吹き飛ばされていった。

「ほえー……こりゃ本物や」

「えへへー」

ズシンと音を響かせながらハンマーを立て、えっへんと胸を張る。

どことなくその雰囲気は、親友を彷彿とさせるものがあった。

それもあったからだろうか。

にいっと笑って見せたカナは、不意に手をかざす。

その先には、ちょうど湧いたブルースライム。炎魔法は当然効きづらい。

「ええもん見せてもろうたからには……ウチも見せんとなぁ！【ファイアボール】！」

力強く、魔法を発動。

放ったのは、最下級の炎魔法。相性は、不利だ。

しかし、そんなものは関係ない。

着弾した火の玉は天まで届くかと思うほどの火柱を上げて、青いスライムを一瞬にして蒸発させた。

「わぁぁぁ!!　すっごーーい!!」

きらきらとした笑顔を浮かべ、高々と巻き上がる炎を眺めるトウカ。

そんな様子をみていると、ますます親友とどこか似たような感覚を覚えてしまう。

「いまの！　いまのがファイアボールなんですか!!　中級とか上級とかじゃなくて!!」

「せや。ウチはとにかく魔法の威力、それも炎にとことん拘っとるからな。突き詰めれば、ファイアボールもこんなもんや」

「突き詰めるも何も、まだ五日目ですけどね⁉」

「おっ、えーツッコミやんけ！　せやな。まだ終わったのは四日。されど四日や。一本の道に絞ってれば、最初やからこそ尚更大きな差が開くもんや」

そう会話をしながら、ちらりとウィンドウに顔を向ける。そこに映っていたのは、自分よりも一歩早くスタートを切った、求道者《ユキ》が猪を薙ぎ倒している姿だった。

不意に思い至り、ウィンドウを可視化する。少女に見えるように、すっと横に流した。

「これ、見えるか？」

「はい！　えっとこれは……配信？」

「そう。配信。他の誰かが今実際にこのゲームを遊んでいる光景やな」

「ほぇぇ……すっごいですね！　この人もまた、カナさんと魔法の種類は違いますけど物凄い強さです！」

「ふふっ魔法……か。まぁ、あながち間違いでもないか。魔砲やけど」

きょとんとした顔をうかべる、トウカ。

そんな彼女に、カナは悪戯が成功した魔女のような笑みを浮かべて、言い放った。

「こいつが特化しとんのは、ＨＰ……耐久力やで」

「ほぇぇぇーーー！！！？？」

◇◇◇◇◇◇◇◇

「へぇ……つまり、このユキさんって人は最初っからずっとＨＰだけを追い求めて追い求めて、なんか色々頑張ってた結果こうなっちゃったってことなんですね？」

「せやな。正に『こうなっちゃった』が正しい。下手したら運営がいっちゃんビックリしとんのがこのプレイちゃうかなぁ」

「ふえー……。でも、面白いですね！　何よりすっごく楽しそう！」

「そ!!　この子の魅力は何よりも楽しんでプレイすることとやろうな！　それも、変なところが天然やからどこに転ぶか分からへんというおまけ付きや」

「ユキさん、でしたよね。わたしも今度から見てみます！」

「おー。すぐ検索すれば出てくると思うで。最近一気にホットになっとるからな」

こくこくと頷く、少女。

やはりその姿からは、先程の膂力《りょりょく》は幻であったかと思わせるほどで……。

「あっ、せや！　そっちこそ！」

「はいっ!?」

「トウカの方こそ、なんやとんでもないパワーちゃうか？　同族の匂いを感じて声掛けたのもあるんやが……」

「わ、私ですか？　私なんてそんなお二人みたいにカッコイイことしてないですよ！　ただ、私ってこう、物凄く身体が小さいじゃないですか」

「……まぁ、せやな？」

体格問題に関しては、問われる側はなんとも答えがたいものである。

とはいえ、さきほどから再三それを感じているのも事実。

少々煮え切らないものの、頷く。

「そこに、見た目から想像もできないような、ものすっごいパワーが飛び出てきたら！　とっっても楽しいと思いませんかっ！」

「それはそうやな。見た目とのギャップとかは、ゲームやからこそ作りやすいもんや。ガチムチのオッサン魔法使いとか、幼女なパワーファイターは昔っから定番や」

「はい！　なのでわたしはそれを突きつめようと思いまして！」

「ほう」

「全てを攻撃力に振り分けてあります!!」

「……うん？」

「他のステータスは全部0！　ＳＴＲ一本張りです！！！」

輝くような笑みを浮かべたまま、そう宣言するトウカ。

その良く言えば真っ直ぐ、悪く言えば向こう見ずなところは、まさに今視界の片隅で暴れている親友に近しいもので。

「……なるほどなぁ」

そりゃ道理で。同族の匂いを感じたわけである。

極振り……それも、現時点での「こっち側《成功者》」。

自分とユキ。そこへ、物理攻撃力だけを追求したトウカ。

今は第二の前衛となる彼女への援護手段が少々心許ないが。いずれ。

この出会いは、偶然か、天命か。

いずれにせよ、それを無駄にするようでは、紺野奏たりえない。


アイドルの卵を道端で見付けるスカウトマンは、このような感覚なのだろうか。

いや、自分が感じたのはもっと確信に近い直感だけれど。

この場はいくらか談笑して、そのまま別れる。

当然、フレンド登録は忘れない。


今はまだ、肩を並べる段階ではない。

けれど直ぐに、下手をすれば一週間も経たないうちに、自分たちの間に割って入る程になるだろう。

その時に、援護手段……足りないピースが自分かユキに備わっていれば。

トウカ、ユキ、そして自分。三人の極振りが成功し続ける保証は当然ないし、それが噛み合う可能性も普通は低いだろう。

けれど。不思議とカナには視えていた。

自らも魔砲を撃ちながらもしっかりと前に立ちはだかってくれる親友《ユキ》。それを盾に魔法を豪快に解き放つ自分。そして、ちょこちょこと歩き回り、たまに強大な一撃を叩き込む桃色《トウカ》の少女。

そして、それはすぐに現実となる。

あとがき

　はいどうもみなさまこんにちはこんばんはおはようございます。ましゅまろ生命体として生きております、こまるんと申します。

　いやー、こうして二度もこういう場で筆を持たせていただけるなんて。本当に、感謝の念に絶えません。

　まず何よりも、この本を手に取ってくださった貴方様へ。深く御礼申し上げます。先にこちらをご覧になってくださる方もいるでしょうから、例によって詳しくは触れませんけれど。今回も福きつね先生により、大変素晴らしい挿絵の数々となっております。本当にありがとうございます！　個人的には、カナとユキの対峙はもちろん。トウカちゃんのあわあわした一枚もとっっても可愛くて大好きです。

　今回も例によって、番外編三本に盛大に苦しめられました。相変わらず苦手すぎる。けれども、一巻同様。書籍『カナ視点によるトウカとの出会い』、電子『運営視点パート2』、TOストア『カナユキデート回』と、どれもしっかりとしたものが描けたんではないかなーと思います。

　特に個人的には、オンラインストア限定ペーパーの、カナとユキの水族館デートを推したいですね！　実際に水族館に行ってみて、展示物を観ながら、カナとユキならどんな会話をするだろうと想像を膨らませるのは大変に楽しかったです。まるで本物のデート現場を切り取ったかのような、かなり渾身の出来栄えになったと（勝手に）自負しております。
さて。今回もまた、沢山の方に直接、間接的問わずご協力いただきまして、こうして一冊の本が出来上がりました。改めて、関係者の皆々様に深く感謝を申し上げます。夢でもある原稿作業は決して楽なものではありませんでしたけど、やはり夢を追い掛けるというのはとても楽しかったです。
流石に難しそうな気はしますが……また、このようにうだうだと語れる機会が、奇跡がおこればいいなと。

そうそう！　もうまもなく連載が開始されると思いますが、コミカライズ、めっちゃ良いですよ！　元々、当作品は『文よりも絵。絵よりも漫画。漫画よりも映像の方が映える』というのは明確に感じながら執筆しているものでありました。それを、正直理想以上の形に、カタケイ様がつくり上げてくださっております。私も一個人として、連載が待ち遠しいです。

それでは、今回はこんなところで筆を置かせて頂きたいと思います。
改めまして、この度も本当にありがとうございました。また何らかの機会で、こうした場で筆をとることが出来ればなと願います。

二〇二三年五月二十日　こまるん

コミカライズ第一話　試し読み

漫画：カタケイ
原作：こまるん
キャラクター原案：福きつね

ぐえっ
ドガッ
わっ
ドガッ
ドゴッ
ドガッ
うぐっ
と
剣と盾を持ちながらも
身体で受け止めるの
シュール
装備の意味よ
う〜〜〜〜〜〜
みんな好き勝手
言って
くれちゃって！
でも
これで
いいの!!
だって――……

私のプレイスタイルは「ライフで受けてライフで殴る」なんだから!!
「ライフで受けてライフで殴る」これぞ私の必勝法
@COMIC

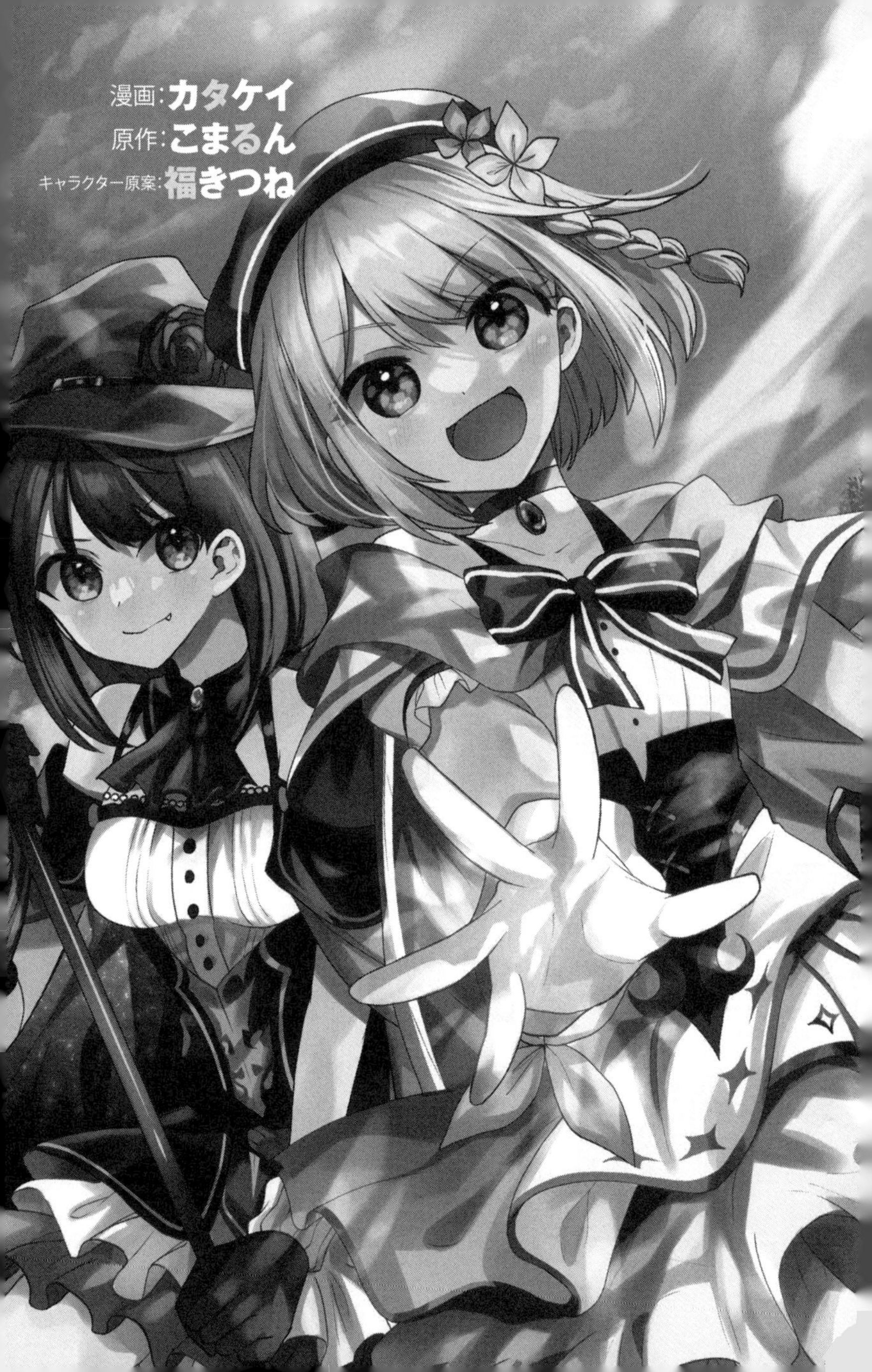
漫画:カタケイ
原作:こまるん
キャラクター原案:福きつね

ユキ
ヨシ ヨシ
ジローン
凄女
凄女
イミないんじゃ〜っっ

カナ

漫画配信サイト
CORONA EX
コロナEX
TObooks
OPEN!!
詳しくはこちら!
https://to-corona-ex.com/

TOブックス
コミカライズ
連載最新話が
読める！
月額400円（税込）で
全作品が読み放題！

『ライフで受けてライフで殴る』これぞ私の必勝法2

2023年6月1日　第1刷発行

著　者　こまるん

発行者　本田武市

発行所　TOブックス
〒150-0002
東京都渋谷区渋谷三丁目1番1号　PMO渋谷Ⅱ　11階
TEL 0120-933-772（営業フリーダイヤル）
FAX 050-3156-0508

印刷・製本　中央精版印刷株式会社

ISBN978-4-86699-850-3

Printed in Japan